住在心底的云

葛闪 / 著

喧嚣的尘世里，
我们需要采一朵花在窗前，
摘一朵云住在心间，
探身拈花，看云微笑……

电子科技大学出版社

图书在版编目（CIP）数据

住在心底的云 / 葛闪著 .—成都：电子科技大学出版社，2018.4（2025.4 重印）

ISBN 978-7-5647-4574-5

Ⅰ.①住… Ⅱ.①葛… Ⅲ.①散文集—中国—当代 Ⅳ.① I267

中国版本图书馆 CIP 数据核字（2017）第 124974 号

住在心底的云
ZHUZAI XINDI DE YUN

葛 闪 著

策划编辑　杨仪玮　卢　莉
责任编辑　卢　莉

出版发行	电子科技大学出版社
	成都市一环路东一段 159 号电子信息产业大厦　邮编　610051
主　　页	www.uestcp.com.cn
服务电话	028-83203399
邮购电话	028-83201495
印　　刷	三河市天润建兴印务有限公司
成品尺寸	155mm×230mm
印　　张	17.25
字　　数	215 千字
版　　次	2018 年 4 月第一版
印　　次	2025 年 4 月第四次印刷
书　　号	ISBN 978-7-5647-4574-5
定　　价	49.80 元

版权所有　侵权必究

目 录

第一辑

石头里的春暖花开 / 3

因你而生，为爱而死 / 7

只是想说一声谢谢 / 10

爱是一朵无声花 / 13

最温暖的画面 / 16

我们来了，蚊子就走 / 19

你的温润，我来触及 / 22

住在心底的云 / 25

很多很多爱 / 29

善良是世间最美丽的天堂 / 32

留我在人间想着她 / 35

黑暗里的生命之花 / 39

山乡夜宵 / 41

不是每一朵花都有提前开放的理由 / 44

天气太好，出去玩吧 / 46

"一张"阳光 / 48

月光下的舞蹈 / 50

让爱在爱的温室里更好地生长 / 53

爱比什么都重要 / 56

尘世间的歌者 / 59

我不是陶瓷 / 63

因为她是藕 / 65

爱是世间最神奇的良药 / 68

请给他一个成为天使的机会 / 71

奥斯维辛的金色阳光 / 74

奇迹 / 76

数字背后的灵魂 / 79

有些灵魂不该被忘记 / 82

送她一把保护伞 / 84

那些不务正业的青春 / 87

不好 / 90

请你拍下我的尊严 / 92

尘世里的莲 / 94

你拥美景，他有风光 / 96

我想看到你的笑 / 98

第二辑

藏在衣服里面的善良	/ 103
有一种善意不必说出来	/ 105
好朋友	/ 108
痛入骨髓的声音	/ 111
最有面子的婚礼	/ 114
小心翼翼的善良	/ 116
人家不好受,咱别露笑脸	/ 118
每一个人都是莲	/ 120
义犬	/ 123
暗战	/ 127
电梯外的善良	/ 130
善良无须担保	/ 132
良知无价	/ 135
爱心不作秀	/ 138
莲在天桥下	/ 141
阿全	/ 143
今晚没停电	/ 146
蒲公英的梦想不卑微	/ 148
良心永不过期	/ 150
芬兰的冰雪旅馆	/ 153
请让我用心呵护你的尊严	/ 155

兄弟	/	158
施米雅娜山上的温情绽放	/	161
拉巴斯的坚守	/	163
埃菲尔的秘诀	/	166
我爱玉米，也爱大豆	/	169
不想老	/	172
丢了一元钱	/	174
总有一种泪为你而落	/	176
我们是曾经熟悉过的路人	/	179

第三辑

翠花也有开放的理由	/	183
企鹅只转十二圈	/	186
眼前一盏灯	/	188
给自己一把扇子	/	190
得失之间	/	192
人生需要一个容器	/	194
低处的快乐	/	196
腔棘鱼的悲壮求生	/	198
在阳光中永生	/	200
善于亮出自己的王牌	/	203
老板的心思你别猜	/	205

奏章上的一字之差 / 208

炸弹输给了剃须刀 / 211

红地毯上的葬礼 / 213

在绝境中开花 / 216

抬起头，才不会看到阴影 / 220

一块补丁的力量 / 223

孩子的秘诀 / 227

人生没有退路 / 229

大人物 / 232

魔鬼池的秘密 / 235

玻璃面前的人心弱点 / 238

零利润背后的秘密 / 240

狮子鱼，来自1992 / 243

一跤摔出的600万美元 / 246

站到前面来 / 248

爱特尔的智慧 / 251

打败潜规则 / 253

到底谁重要 / 256

康宁的王牌 / 258

曾经我有多失败 / 261

后记 / 264

阳光舞蹈在每一片云上

(代序)

今年我所在的小兴安岭春天来得早,每年的这个时候,还在飘着大雪,而现在,雪正在阳光下燃烧成丝丝的暖意。从窗前望出去,远远的南山上,那些树也正慢慢地变换着颜色。这个时候,很是期待一只候鸟的身影滑过远远的天际,点亮眼底所有的色彩。

就在这个午后,很意外地收到这本《住在心底的云》的书稿,单只是书名的五个字,便在心底留下一道暖暖的痕。一如我所盼望着的那只候鸟,翅上载着三月的阳光,飞落在我的窗台,带来一份不期然的惊喜。

书的作者葛闪,是一个神交已久的文友。曾经在许多知名杂志上看到他的文章,作为近年来在报刊界颇具声名的作者,他的作品中充满着一种暖意,给人以一种人性上的关怀和启迪。我觉得,他是一个负责任的作家,他对自己的文字,他对他的读者,都本着一种认真和真诚的态度,所以他的作品才能受到欢迎,并有着一种直入人心的力量。

而这本《住在心底的云》,便是精选了他近年来发表的近百篇文章,每一字都如春雨润心,每一句都如归雁带暖,让我的心在阅读中,体会着刚从冬季走出的欣喜。

《石头里的春暖花开》一文中,讲述了一个让人心痛却又感动的故事。一个十一岁的孩子,每天背着一个沉重的口袋去上学,当同学强行打开口袋,里面却是一块块的石头!这是个不幸的孩子,父亲患病早逝,母亲又瘫痪在床,所以他每天都要做饭干活。最后,文中给出了他背石头上学的答案,他背一口袋石头,每过一段时间增加一些重量,就是想让石头最终达到母亲的体重,他不放心母亲一个人在家,他想每天背着母亲上学,更好地照顾她。

也曾看过太多的亲情故事,却多是从母亲爱孩子的角度,而此篇,却以一个十一岁的孩子为切入点,把一个孩子对母亲的爱描写得如此美好而令人感动。对于青少年来说,懂得感恩,是一种永恒的美。在《因你而生,为爱而死》中,十四岁的女孩患病怕摔倒,却在疾驰的汽车前将母亲拉回。自己因此重重摔倒而导致病情严重,可她不后悔,只为了母亲的平安。

在这本十几万字的书里,温暖与感动随处可遇;一如一片花园,置身其中,随意采撷那些美丽,芬芳弥漫,泅染着软软的心绪。

一些普通的站大岗搞装修的人,虽然他们看似低到尘埃里,可是他们的心却是最纯净的;虽然有时候他们看似为了钱而斤斤计较,可是在我们不了解的背后,却有着那些清澈的真情。一篇《藏在衣服里的善良》,让我们于尘埃中,看到了最美的花开。而《有一种善意不必说出来》里,在那个风雪交加的深夜,善良的母亲小心翼翼地维护着一对乡下父子的尊严,那种情怀让人动容。

这种巨大的人文关怀,这种世间最朴素的善良,不管历经了多少岁月的沧桑,依然会落在我们心底最柔软的角落,让我们的生命中涌动生生不息的希望和温暖。这是一种人性中本真的情怀，具有穿透人心的力量。

而这本书，更让人难忘的，是那种深蕴着的希望。无论是艰难的境遇中，还是人生的磨难里，都有着一种能点亮梦想的东西。或者说，那些在逆境中的人，都能坚守着心中的一份美好，一份希望。

那个叫翠花的女子，在风雨尘世间奔波劳碌，可是命运的坎坷与生活的艰辛，并没有剥夺她心里的梦想和脸上的微笑。她就这样坚持着，坚守着，在别人都不看好时，却不经意间开出了最美的一朵花。《翠花也有开放的理由》，任何一朵花只要在风雨中经过洗礼，都能努力地绽放。

更多的时候，平凡人的坚守更易动人心怀。生命，本就是平凡的叠影，我们本是生活在平凡的世界里，虽然名人的故事有着激励人心的亮点，可我觉得，还是平凡人身上的亮点更能照亮心灵。因为，我们都是芸芸众生中的一员，不管我们的梦想有多渺小，那份为梦想而付出的努力都同样伟大。

我用了一下午的时间，读完了这本《住在心底的云》，那一份感动却长久不散，一如窗外流淌着的东风。我们生活在喧嚣的尘世间，每日里奔波劳碌，常常不知不觉黯淡了心里的感动，麻木了生命的希望。这本书，就如春天的第一缕东风，吹散心里的经年尘埃，让阳光洒落；更像一泓清泉，将那些最初的梦想都濯洗得熠熠生辉。

我在想，住在心底的云，会是怎样的一朵云。那云上，一定承载着满满的阳光；即使是乌云带雨，也会被阳光抚摸得镶上金边；就算暴雨如注，也是一种洗礼。

所以，葛闪先生这本新书，没有辜负我的期待，也不会辜负读者的期待。窗外依然是春天的脚步,而心里,更多了一种暖意。我知道,这份暖意终会弥漫进每一个读到这本书之人的心里,在那里氤氲生命中最美好的情感。春意长存!

包利民*

---

* 包利民,专栏作家,《读者》《青年文摘》《意林》《格言》等杂志签约作家,畅销书作家,已出版《不能跳舞就弹琴吧》《游过生活六道弯》等十多部作品。

第一辑

八十六斤，是洛宁母亲的体重，亦是爱的重量！

回来的山路上，我任由泪水肆意奔流。我在想，那口袋里的石头，冰冷坚硬的棱角，定然是无数次碰疼了洛宁的后背，压痛洛宁孱弱的肩膀了吧。我仿佛看到这样一幅画面：

在刺骨的寒风中，在崎岖的山路上，衣衫单薄的洛宁，用孱弱的肩膀、瘦弱的后背，背着一袋硬邦邦的石头，在艰难地行走。顶着风雪，洛宁不怕刺痛；踏着山路，洛宁不畏路难。

只因为，他后背上的那一袋石头并不冰冷坚硬，而是因了一份爱，温暖又柔和。

石头里的春暖花开

从家到学校，从学校到家，二十余里崎岖难行的山路，无论上学放学，洛宁的背上总是负重着一袋石头，艰难且坚毅地行走着。

洛宁十一岁，是云南山区的一名小学生，皮肤微黑，身形孱弱，沉默寡言，喜欢独处，是同学们眼中最"怪"的同学，平时课堂内外，谁都不愿意和他交朋友。同样，他也是我到偏远山区支教以来，见过的最不合群的学生。但有一点是谁都佩服的，洛宁的学习成绩，一直都是班级前列。

几个月前，洛宁上学的时候，背上背负的，除了一个书包，凭空多了一个口袋。口袋里面，不知道装着什么东西，鼓鼓囊囊的，看来颇有重量。要不然，洛宁背着的时候，脸上怎会有吃力的表情？

上课的时候，洛宁就把口袋轻轻放在课桌下面。下课的时候，洛宁就把口袋背上，在小小的操场上转圈。到底是什么东西，居然能让洛宁整天将它负在背上？班上的学生都想打破这个砂锅，揭开谜底。

也有同学去摸过，硬邦邦的，有棱有角，从手感上判断像是石头。但是，洛宁总不会傻到把石头当作宝贝整天背着吧？不管是学生们，还是做老师的我，每当我们向洛宁问起这件事情的时候，洛宁总是不发言语，只是低着头耸着被冻得红彤彤的鼻子。其实，有同学曾经试过去打开口袋，但平时很老实的洛宁，就会像是一头发怒了的小狮子，让大家不得不罢手。

又过了一段时间，时值严寒，洛宁的口袋也变大了，里面的东西也装得更多了。似乎口袋里面的东西，是遵循着一定的时间规律而变大变多的。

洛宁口袋里的秘密，终究没有敌得过同学们的好奇心。那次，洛宁没有拗得过好几个同学的强行合力，被强行按在了桌上。口袋被打开时，滚落出的一块又一块冰冷坚硬的石头，让同学们都惊呆在原地——任谁也没有想到，洛宁整天背负着的口袋里，装的居然真是石头！

原来，身形瘦小、体弱无力的洛宁，是想通过背石头来锻炼自己的身体。几个孩子回过神来，便哈哈嘲笑洛宁。

暴怒了的洛宁，狮子般扑了上去，和他们打在了一起。

办公室里，我不忍心训斥身形孱弱的洛宁。一来，因为我知道事端是由那几个孩子挑起的；二来，我虽然不知道洛宁无端端背着沉重的石头上学的原因，但我早在刚来时就听别的老师讲过，眼前这个瘦弱到让人心疼的孩子背后，却有着任谁听了也会落泪的故事。

六岁那年，洛宁的父亲患病离世，这对本就贫困的家庭而言无疑是雪上加霜。天塌了，洛宁母亲就用瘦弱的肩膀撑起了这个家：她每天上山砍柴到集市上去卖，还要替别人做挣不了几个钱的手工活，还要割猪草喂养唯一的一头猪，还要洗衣做饭。洛宁很懂事，只要从学校回家，就争着帮母亲打理一切。

日子本来可以这样即使贫苦却也不失幸福地度过，但命运就这么无情残酷——去年的一天，洛宁的母亲遭遇车祸，命是捡了回来，人却瘫痪了。

几天后，我买了点东西，趁着上午没课的空当，独自来到了洛宁的家里。一来，看望一下洛宁的母亲；二来，我更想从他母亲口中得知，到底是什么原因，竟然会让洛宁整天背着石头上学。

洛宁母亲睡在床上，即使盖着被子，我也可以从她瘦削的脸上看出，她的身体是多么羸弱。听我介绍了自己的身份，洛宁母亲慌忙要起身，但只是挣扎了几下便作罢了，在我的帮助之下，才半坐了起来。

我告诉她洛宁优异的学习成绩和近来的情况，只是，我隐瞒了洛宁和别人打架的事情。当我向她提及洛宁背石头上学的奇怪之举，她的眼泪顿时簌簌落了下来。

原来，自从她瘫痪，洛宁除了在学校，其余的时间都在家中服侍母亲。小伙伴喊他去河边看老黄牛，他没有时间；邀他去田野里放风筝里，他抽不开身。因为他要接替母亲的工作——砍柴、烧水、做饭、洗衣服、喂猪……

一天，她因为渴急了，把手伸向离床头不远的热水瓶，结果却烫伤了自己。洛宁放学回家，看到被烫伤了的母亲，心像被刀狠狠地剜了一般，痛入骨髓。他怕，以后的日子里，若是自己不在家，母亲不知道还会发生其他什么事情。于是，洛宁当即便决定：以后的每一天，他都要背着母亲上学。母亲再怎么劝阻，洛宁还是坚定自己的想法。从那时起，他便开始背着石头上学了。

我的心陡然被濡湿了。但我同时亦很奇怪，洛宁想背着母亲上学来照顾她，这与他背一袋石头有何关系？

洛宁母亲看出我心中的疑惑，止住了泪水，哽咽着告诉了我一个任谁都想不到的爱的秘密——

洛宁母亲体重八十六斤，洛宁瘦小的身躯又如何负重？他想出了一个方法：起初，背少量的石头上学，随着对重量的适应，再不断添加石头，直到他能适应超过八十六斤的重量为止。

八十六斤，是洛宁母亲的体重，亦是爱的重量！

回来的山路上，我任由泪水肆意奔流。我在想，那口袋里的石头，冰冷坚硬的棱角，定然是无数次碰疼了洛宁的后背，压痛洛宁孱弱的肩膀了吧。我仿佛看到这样一幅画面：

在刺骨的寒风中，在崎岖的山路上，衣衫单薄的洛宁，用孱弱的肩膀、瘦弱的后背，背着一袋硬邦邦的石头，在艰难地行走。顶着风雪，洛宁不怕刺痛；踏着山路，洛宁不畏路难。

只因为，他后背上的那一袋石头并不冰冷坚硬，而是因了一份爱，温暖又柔和。

因你而生，为爱而死

女孩卞舟，今年十四岁，生于四川，长于四川。

一岁那年，卞舟偶然的一次摔倒，让全家陷入了愁云中。家人本以为只是很普通的摔倒，没什么大不了的，但很快，家人便从医生凝重的脸色中预感到了不祥。果然，当医生把诊断书递交到他们手中，诊断结果栏目里赫然写着触目惊心的一行字——"严重骨质脆弱、关节松弛"。这种病，专业说，是一种由于间充质组织发育不全、胶原形成障碍而造成的先天性遗传性疼痛；若通俗一点解释，就是俗称的脆骨病。通常来说，这种病，又分为儿童型和成人型。迟发者病情较轻，多数都会存活下来；但儿童型且早发者，病情往往严重许多，很难活下来。

自那时起，卞舟母亲的神经便高度紧绷了起来。为此，她辞掉了工作，时时不肯离开卞舟，就连夜里睡觉，也常是和丈夫明确分工值班照顾，生怕女儿一个不小心的翻身，便会导致骨折。一次，她只是转身拿热水瓶，卞舟就在这时一个趔趄，差点摔倒，她便自责起来，狠狠扇了自己几个嘴巴子。

就在小卞舟神奇地活到五岁那年，却又祸不单行。卞舟的父亲，在一场车祸中永远离开了人世。天塌了，只有卞舟的母亲一个人顶着。为了卞舟能补充营养，还有不定期的检查治疗费用，她带着卞舟兼职了数份工作，甚至背地里卖过血，硬是用母亲那颗天下最仔细的心，没让卞舟发生过一次意外。

卞舟六岁上幼儿园，母亲也天天接送，日日伴读。更令人感动的是，彼时，六岁的卞舟好像超越了同龄人般懂事，平时参加任何活动也是小心翼翼。就这样，生活又走过了七个年头，转眼间，十三岁那年，卞舟已经是一名初中生，亦可以独立生活了。

十岁那年，母亲看着卞舟已经逐渐长大，在卞舟的再三要求下，终于答应让卞舟一个人上学放学。这个决定，不仅是她从尊重女儿的要求而出发，更是因为，她从女儿的眼眸里，看到了那种让她不得不信任的坚毅。卞舟和她说过："妈，你放心，我真的会万分小心翼翼地保重自己。我因你而生，就会一直活下去。"

三年间，卞舟不敢与同学们去操场上嬉戏，不敢和同学们一起上学放学，不敢去逛街……她不羡慕热闹，不向往繁华。因为，她担负着一个重要的任务——用她自己的话来说，不辜负一颗爱她的心，母亲的心。

就这样，这十三年来，卞舟一次意外都没发生过，即使独立生活的三年间，亦如是。2008年的汶川特大地震，同学们慌张地冲出教室，唯有卞舟，异常平静地慢步走出了教室，轻轻下了楼梯，缓缓来到了操场上。很多了解卞舟故事的人，都说是奇迹——难为这样一个小女孩，能天天时时地如此小心翼翼，很难想象，这得将神经紧绷到什么样的程度？

今年的春天，意外却发生了。卞舟因为重度摔倒，病情再度严重起来。很多人都奇怪，十几年的生活，特别是后几年，卞舟的神经高度紧绷，练就了卞舟即使泰山崩于前亦面不改色的本领——也有人说，与其说是本领，不如说是本能——那么，这次卞舟怎会"马失前蹄"？是偶然自己的不小心，还是别人的人为导致？

就在学校师生猜测时，去医院看望卞舟的老师终于知道了原因。

那天，是卞舟的生日，母亲买了个生日蛋糕。就在母亲横穿马路时，一辆疾驰而来的车快要撞上她！一旁的卞舟心胆俱寒，立马飞奔了过去，将母亲拉了过去。车辆，距离她们的衣角只有毫厘，惊险至极。而卞舟，因为剧烈的运动跌倒在地上。

有人问过卞舟，这么多年来，别人都说你练就了无论什么事情发生你会想到自己身体的本能，这次，为何连想都没想就扑了上去？

语文成绩极好的卞舟这样回答："我那么小心翼翼地保重自己，是因我一直不敢辜负母亲从我小时候就疼我爱我的那颗心。对于我来说，我因母亲而生，亦可以为母亲而死。因为，我一直是活在她的爱之中。"

只是想说一声谢谢

青藏公路,格尔木段。

随着路况变得凶险,我们的货车和其他车辆一样,缓下速度直至停下,等待着前面的车如蜗牛般缓缓通过。

那个叫丹增的小女孩,依然坐在简易帐篷下,和她的母亲一起,为过往的司机提供茶水,且分文不收。和以前一样,丹增看到我们的车,立马从凳子上站了起来,飞快地跑到我们的车前,透过车窗打量着我们的面孔。

我们常在这条路上来往,每当经过这里都会停下车,顺便喝杯热茶。次数多了,才渐渐地了解到,丹增和她的母亲有个很奇怪的举动:每当看到斯太尔品牌的货车经过,都要拦下,然后打量开车人的面孔,好似在寻找某个人一样。

前方堵塞了,看来要好长一段时间才能通车。我们下了车,索性坐在丹增的帐篷下喝茶聊天。丹增的母亲很热情,给我们每人上了一杯热腾腾的酥油茶,还告诉我们,今天是她们最后一天在这里提供茶水,以后便再也不来了。

我笑说，你们提供茶水却分文不取，肯定坚持不下去。

丹增的母亲摇了摇头，低声说，不是钱的事，我们是在等一个司机，等了五个月，终于在今天早晨等到他了。

原来，一年前，她得了场重病，花光了家里的积蓄后，终于从死神手中挣脱。医生嘱托，术后在家静养期间，要特别注重补充营养。几年前就丧夫的她，家里已一贫如洗，哪有钱补身体？

丹增心疼母亲，利用放学时间，偷偷地去公路上捡报纸、饮料瓶、烟盒等，卖了钱给母亲补身体。一日下午，丹增在车流间来回穿梭，看得司机都有点胆战心惊，有的都骂出了口。只有一个货车司机下了车，将丹增拉到了路旁，并告诉她这样做的危险。丹增红着脸，流着泪将母亲的事告诉给司机。司机好心肠，听了丹增的言语，顷刻间落下了泪水，塞了五百元钱到丹增的手里。五百元，在丹增的眼中，这是一个很大的数目。

丹增母亲得知此事，身体恢复得差不多后，就和丹增一起，将免费茶水点开在了格尔木段。这里路况难行，交通极易堵塞，过往的车辆到这里都会慢下来，而且，很多司机都会顺道喝杯茶，她们也好顺便留意寻找好心人。

"我们等了整整五个月，今天早上终于让我们给逮着了。"丹增母亲说到这里，突然变得兴奋，以至于用词不当，"我们就知道，跑货车的司机，一定还会经过这条线的！"

"你们是怎么找到他的？"我问。

"她呀，她认得车的牌子是斯太尔，认得好心人的模样。"丹增母亲指向丹增，"只要看到斯太尔，我们就拦下来看看，一辆一辆找，肯定能找到的。"

"五个月？你们用五个月的时间在这里摆摊点，就是为了找他？"我们都很惊讶。

丹增母亲低下头去，有点不好意思："是呀，丹增这孩子不懂事，接了人家的钱呆住了，连个谢字都没说。等缓过神来，人家已经走了。"

"那你们找他是？"

"我们穷，没什么回报的，只是想当着面，给他戴个哈达，说声谢谢。"丹增母亲将丹增搂进怀里，"得了人家的帮助，总得表个谢意吧。"

五个月的风餐露宿，五个月在路边的满面洗尘，就是为了找到那个司机，就是为了说声谢谢，任我们再怎么想也想不到。

确实，她们的生活贫瘠艰苦，不能给帮助她们的人以回报。她们能做到的，就是用五个月的等待，来对那个好心肠的司机说声谢谢。我们分明看到了，她们平凡外表下有着不平凡的心：人性的质朴和纯良，以及闪动着善良光辉的感恩之心。

爱是一朵无声花

二十三年前,我在乡里邮局工作。

那是一个冬日的下午。邮局外,鹅毛般的大雪纷纷扬扬下了一天一夜,整个世界都是白色的。风,更是一刀一刀地呼啸而过,寒意侵入每个人的骨子里。而邮局里,我和几个同事也被冻得脚不停跺着地。

雪太大,来办业务的人寥寥无几,只有我一个人待在办业务的窗口,其他几个同事一边偎依着火炉搓着手,一边聊着天。而我,因为最后一个办业务的人也离开了,索性就伏在桌上看起了报纸。

近四点的时候,外面突然挟风裹雪地刮进来一个"雪人",一进门便噼里啪啦地拍打着身上的风雪。我被响声惊动,抬眼一看,原来是一个年龄在六十上下的老妇人。如此冷的天气,老妇人的衣着竟颇显单薄,铁青着脸色,双手一边不断搓着,一边哈着气。

老妇人走近窗口,轻声问:"拍电报是这里吗?"

我点点头。

"多少钱?"老妇人弱弱地问。

"一毛五一个字。"我说,看她一身颇为寒碜的衣服,又追问了一句,"你要发电报？"要知道,那个年代里,若非太紧急的重大事情,一般老百姓是舍不得花钱拍电报的。

"嗯。"老太太点点头,听了我报的价格,短暂地一愣,接着,絮絮地从口袋里拿出一个纸包。老太太慢慢打开一层又一层的纸,才露出里面躺着的平整的毛票子,一边说:"我儿子在东北当兵,好久没联系了哩。现在我们这里都这么冷,东北怕是更冷了。我想发个电报,给他提个醒儿。"

我心里一暖,放下了报纸,听着外面风雪的呼啸声,便细细端详起眼前的这个老妇人。老妇人满脸的皱褶,像是被岁月的犁铧耕耘过无数次,有的地方皮肤干裂,都裂开了巨大的口子。我突然想起家中的老母亲,和眼前的她竟是如此相像。

"大娘,您要发什么内容？"我问她,"字数越少,越省钱。"我提醒了她一句。

老妇人低下头,思索了一阵子才说:"您就告诉他,天气变冷了,要记得多穿衣服。并且告诉他,妈妈很想他。"老太太说完,自己又在心底核算了一下,补充说,"十七八个字,是吧？"

我按照她要表达的意思,在心底默算一下,还真是。但是觉得语言不够简洁,便对她说:"大娘,您看'天冷,多加衣'这几个字可以不？简洁,意思又表达了出来,而且省钱。"

老妇人一听,显得很高兴,刚准备点头之际,突然又想起了什么,说:"您得告诉他,我这个当妈的很想他。例如,在后面加四个字——'妈妈想你'。"

我笑了:"看您说的,这世上哪有母亲不想儿女的呢？您哪,不说这四个字,您儿子也知道您想他,何必浪费这四个字的钱呢？六毛呢。"我特意地把"六毛"两个字加重了语气。

老妇人稍微犹豫了一下，显然她似乎被我说的"六毛钱"给打动了。但转瞬间，她又改变了主意。

"不！"老妇人坚持要加上这四个字，还说，"我就怕他不知道我想他呢。"老妇人一边说，一边把钱数好了，颤巍巍地从窗口递给我。在我接钱的那一瞬间，老太太忽然轻轻握住我的手，说："同志，我真的好想我儿子呢。"

我猛然感觉到，整个冬天的寒意好像蓦然就没了踪迹。只觉得，老太太那略微硌人的手掌间，传来的是一阵又一阵的鸟语花香。温暖，瞬间就在我心头铺展开来。

原来，我们一直都觉得父母对我们的思念，是理所当然的，没有在乎过，很久都没有明白，母亲对我们的思念，一直在我们的理解之外，像一朵潜滋暗长的花儿，一直在无声中响惊雷，于沉默中盛放。

最温暖的画面

涂涂命苦，去了福利院还没到一个月，就离开了人世。死时，才九岁。

涂涂是村里的孩子，一个憨厚可爱也可怜的患有父母遗传艾滋病的小男孩。若不是得了这种可怕的病，他此时应该是在父母的怀里撒娇，在爷爷奶奶膝下嬉闹，在玩伴之间戏耍，在童话里自由自在地穿梭吧。

很难想象，涂涂到底是怎样历经他死前的那段岁月的。

父母接连去世后，涂涂并没有因此而堕落。相反，幼小的他很坚强勇敢，一个人撑起了这个家——他和奶奶。涂涂早晨去山上砍柴，然后上学，中午去村落里捡垃圾，还要提水做饭照顾奶奶，晚上便趴在桌上看书学习。村里人都夸涂涂很棒，小小年纪就知道自强。涂涂甚至成了很多家长教育自家小孩的榜样："你看人家涂涂，爸爸妈妈没了，一个人扛了所有大人做的事。"村里的大人们，因此也很乐意让自家的孩子和涂涂一起玩耍。

直到涂涂被查出患有遗传艾滋病，一切彩色就全被抽走了。

没有人愿意接触涂涂，就连奶奶也搬出了屋，留下涂涂一个人。涂涂经常去砍柴的山上的那片地儿,都没人再愿去"分一杯羹"。村里那些大人,不让孩子再和涂涂一起玩,话锋完全变了个样:"涂涂身上有病,和他一起玩就会死掉。"

涂涂一个人住的屋子,墙壁是用塑料纸糊上的,因为下雨天会渗水。涂涂的床是一张破木板,上面有着潮湿如铁的破褥子,涂涂每晚就是这样睡的。因为得了病,没有学校收留他,涂涂就把单薄的书本,看了一遍又一遍。涂涂一个人的厨房,是用四块砖头立成的灶台,食物是他捡来的脏东西,在热水里煮煮便吃下去。涂涂知道,不吃东西会死人的,他不想死,他还想象着以后的美好生活——老师常讲,生活是美好的,未来是幸福的。

后来,不知道是谁,将他的遭遇公布在网络上,吸引了很多人关注。他们给涂涂送来了漂亮的衣服、可口的食物,买来了涂涂做梦都没看过的精美书本。不过,这些东西,都是从围墙外扔到院子里的。

新衣服,涂涂舍得穿;新书本,涂涂舍得看;但那些食物,有的涂涂舍不得吃。例如汉堡,涂涂会将里面的肉拿出来,给老黄吃。老黄,是涂涂家的一条老狗,是除了涂涂之外,房子里唯一有生命气息的东西。

还有人鼓励涂涂,说让涂涂勇敢起来,以后会带他去动物园,还会带他去玩摩天轮。涂涂不知道什么叫摩天轮,但他相信一定很好玩,所以一直等着,等着……但从未等到。

涂涂的事情被更多人知道,也引起了有关部门的重视,领导最终让福利院收留了涂涂。在福利院里,涂涂有单独的房间,里面有温暖的床,有童话书,有玩具,还有电视。只是,涂涂的房间,两侧几乎没有人来往,除了浑身武装起来的福利院人员来往送饭。

涂涂命苦,即使条件好了,还是没躲过病魔之手,死在了福利院里。

涂涂死了的消息传出后，有网友说，涂涂在患病之后，内心肯定时时凄凉，从来没有感受过温暖。这句话的下面有人持肯定意见跟帖评论："是呀，涂涂死前的一刹那，如果回忆过往，所有闪过的画面里，绝对没有温暖可言。"

可事实错了。福利院人员在收拾涂涂那少得可怜的遗物时，发现了一个日记本，上面有着涂涂歪歪扭扭的字迹。整个日记本里，只有一篇日记，记述着这样一件事情：

好几个夜晚，涂涂在屋里都听到外面有人叫他。涂涂立马翻身起来，跑到了屋外的院子里。涂涂跑到院门前，轻轻地坐下去，隔着门板，和外面的人说着话，聊着天。

屋外和涂涂说话的人，是涂涂以前经常一起玩耍的小朋友们。他们瞒着家人，偷偷跑来想进屋陪涂涂说说话，但涂涂坚决不让，就这样隔着门板，和小朋友们聊起了课堂上的知识、操场上的秋千，还有河里的鱼虾、树上的小鸟……

这篇唯一的日记，末尾句是这样的："每当这时，我会很高兴，外面有人和我说话，我的身边，还有老黄。"

涂涂小，人稚嫩，也不会表达。如果换作成人的口吻来叙述，是不是可以这样理解：内心凄凉的涂涂，也曾温暖过。涂涂临死前，头脑中也一定闪过若干温暖的画面，譬如，那些温暖的夜晚，门外的小朋友，还有身旁的老黄。

我们来了，蚊子就走

那年夏天，我去重庆的一个山区小学支教。

那里和很多故事里描写的一样，贫穷，落后。破旧得随时欲倒的教室，支离破碎的桌凳犹如受了车裂之刑，散了一地。唯一算得上好点的，是一块颜色脱落得很厉害的黑板。

校长给了我最好的待遇，把自己的房间腾出来让我住，尽管房子还很破败，我还是对他发自内心地说了声谢谢。我记得，那个晚上，根本就没有睡好觉。山里的蚊子格外多，直冲着我身上狠狠地叮咬。尽管我来的时候有准备，但还是没想到这个地方，居然连蚊香都没有。我，为来的时候没有带上几盒蚊香而懊悔不已，被蚊子折腾得翻来覆去！

这样的夜晚，又继续了好多天。

有一次在课堂上，我忍不住为这个破地方连盒蚊香都买不到而发起牢骚，抱怨这个地方的贫穷。学生们只是静静地坐在下面，小脸蛋上红红的，天真的底色上镀上了一层尴尬，明亮的眼睛紧紧地盯着我的脸庞——那上面，有好几个被蚊子叮咬的包。我看着孩子们大大的眼睛，不禁用手抚摸着脸庞上的疙瘩，对孩子们说："老师实在是受不了蚊子的折磨了，过几天就要回到自己的家乡了。"说归说,我又怎么能就此离开呢?我知道,孩子们挺喜欢我的,我故意吓唬吓唬他们哩。

当天晚上,我找了些破旧的被单,简单地做成了一个蚊帐,固定在床的上空,以此来抵御蚊子的进攻。我想,这样,多少也会发挥些作用。

结果表明,我的做法是对的,那晚的睡眠质量确实比前几个晚上好多了。翌日,清晨的阳光透过窗户,慵懒地洒落在屋里。我醒来的时候,一个懒腰还没伸完,突然看到,床下高低不平的地上,居然坐着一大群孩子,一群红着眼睛的孩子!

我很奇怪,问他们是什么时候来的。

他们异口同声地告诉我,说是在我昨晚睡着时就到了。一个小女孩还补充一句:"我们一夜没睡呢。"

怪不得他们一个个眼睛都熬得通红!我真是搞不懂这些孩子要干什么,忙问他们到这里的原因。

他们并没有正面回答我。还是那个小女孩,跑到我面前,牵着我的手说:"老师,你先回答我们,昨晚睡得还好吗?"

昨晚到现在的睡眠确实很好,没像头一个晚上那样遭到蚊子的侵略。我点了点头,说好。

小女孩顿时笑靥如花,拍着手说:"我说得没错吧?我们来了,蚊子就走了!"

"你们来了,蚊子就走?"我不禁为我昨晚亲手做的蚊帐叫屈。但,为她们的童心,我笑点着她的小鼻子问:"那你给我说说,为什么你们来了,蚊子就走了?"

小女孩低下头,嗫嚅着说:"老师,对不起,我们这里穷,害你受了蚊子的苦。所以,我们趁您睡着了,就偷偷跑到您这里了。我们人多,蚊子就会冲着我们来,再也不会去找您了。"说到这里,她突然转头向距离床最近的两个小男孩看去,"只是,小胖和狗子说话不算数,说好了要为您看好蚊帐上的两个洞,不让一个蚊子进去的,可,谁知道,这么多蚊子,他们居然也能睡着!"说完,竟呜呜哭了起来。

这时,我才蓦然看到,面前的孩子们,裸露在外的皮肤上,竟全都是蚊子咬的疙瘩,大大的,刺眼地红。我做梦也没想到,自己无心的一个玩笑,竟然让孩子们深记在心。我为自己的玩笑顿感后悔,紧紧地抱住小女孩,使劲吻着她脸上的泪水。

小女孩在我怀里轻声哀求我:"老师,不要走,好吗?"

我搂得她更紧了,一个劲儿地点着头说:"老师不走,不走!"

那一刻,我的眼泪汹涌而出。在一个闷热难熬的夏夜,有这样一群孩子,因为他们的老师一个无心的玩笑,用自己幼小娇嫩的身躯筑成了一道谁也逾越不了的墙。而筑墙用的砖,全都是爱!

你的温润，我来触及

当我手执剪刀走向徐暖暖时，教室静得宛若一只坏了许久的表，所有学生都吓得连大气也不敢出一口。他们不知道，从未如此"凶残"对待过学生的我，又何尝不是手心冒汗、忐忑不安呢。可叫我怎么办？成绩优异的徐暖暖，一向都以尊重师长、乖巧可人深得大家喜爱，但偏偏这次，包括我在内的所有人都没想到，她面对学校在仪容仪表方面的三令五申，还有我的数次"通牒"，却仍然无动于衷，兀自将她的长指甲扎眼地留在指端。

不久前，学校下发了检查仪容仪表的通知。班里除了徐暖暖之外，其他同学都按照要求整改到位了，唯独她，在我第一次在班级里预检查时，面对我的询问，始终低头，不言不语，没有任何解释。

我没有向她发丝毫脾气，因为暖暖背后的故事实在让人心疼。她四岁那年，父母在一场车祸中双双罹难，留给她一方没有任何色彩的天空。因为祖父母早逝，而她父亲又是独子，从那以后，暖暖就住进了县里的福利院。她和所有同龄孩子一样，头顶天宇，脚踏厚土；可又和所有同龄孩子不一样，没了亲人，上无庇荫，下无支撑，她就是一朵自小就缺少养分的花儿。可虽然这样,她的学习成绩、她的品德,却胜过同龄孩子许多,提到暖暖,全校老师没有不称赞的。这样的孩子,怎能不让人心生怜惜?她一如她的名字,总是能让人心里暖暖的。

因了这种心疼,所以在第二次以班级为单位的预检查中,当看到她的长指甲依然没有剪去时,尽管我内心有气,但还是一脸温和。我只是吓唬了她,说如果在学校正式检查之前,她还是没有剪去指甲,我就亲自操刀执行了。班主任强行替学生剪指甲,这也是我们自认为的绝招,屡试不爽。其实,我也在暗暗奇怪,上个学期仪容仪表检查时,她的指甲干净利落,为什么这次,一向温婉听话的她却不执行我的要求?

满以为这次"恐吓"绝对有效,但让我做梦也没想到的是,在第三次预检查中,她依旧执拗如前。说过的话不能再收回来,要不然我还怎么把班主任的威严保持下去?我从办公室里拿了剪刀,阴沉着脸走向她。

看着我慢慢走向她的步伐,暖暖低下的头也抬了起来,一双眸子里满是晶莹,看得我心里是一阵又一阵颤动。握着剪刀的手紧了又松,松了又紧,满满地都是汗。我有点后悔,不该说出那番话,以致现在骑虎难下。

我轻轻握住暖暖白皙的小手,轻轻地剪去她双手的指甲,当最后一次将剪刀的双刃分开,仿佛最后的一丝力气也尽了。我抬头看到的是,暖暖脸颊上泪水纵横;我低头看到的是,满地的指甲碎屑,像一朵又一朵白色的小花,忧伤地零落一地。我很悔恨,却又有点奇怪,因为当时除了看到她脸颊上的泪水,我居然同时在她的眸子里,发现了宛如得到某种慰藉的眼神。

自打那时开始,我便像做了亏心事一般,不敢正视徐暖暖的脸。我很明白,当初的行为,一定硌得她内心生疼。有时候看到她,我也有意无意地躲着她。

这种愧疚，直到两年后，收到徐暖暖升入了高中后写给我的一封信，才得以释然。

信里说，她很感激我当年对待她的"粗暴"行为。她自小没了父母，孤零零地一个人生长着，对于命运，她不妥协，不气馁，不沮丧，给所有人的印象都是阳光得让人怜惜。但谁也不知道，她乖巧坚强的背后，对父母的思念犹如雨后的翠竹，止不住地潜滋暗长。特别是对母亲的思念——她见多了别的小朋友所享受的母爱，自己却从未体会过，拥抱没有，亲吻没有，哪怕是一次牵手也不得。她之所以拒不剪去指甲，只是有一个小小的想法：让我轻轻地握住她的双手，为她轻轻地剪去指甲。那一刻，想必我便成了她心中母亲的化身。暖暖在信中还告诉我，当初她满脸泪水，那是她彼时感觉无比幸福，怎么也抵挡不住泪水的决堤。

看到这里，我才醒悟，怪不得当初她的眸子里，曾有过慰藉的眼神。我终于明白，她以前没将这样的计划实施在别人身上，那是因为她还幼小。而随着年龄的增长，她内心里对母亲的思念，对母爱的渴望，犹如涨得满满的小花骨朵，只待春风一撩，便轰然绽开。而在此之前，她小小的心灵里的那些温润的渴望，在她不言不语的羞涩掩饰下，又有谁能主动触及呢？

那一年，是我工作的第二年，到如今数年过去了，我依然无法忘却那个让我至今心疼的孩子。我想，如果以后有机会再见到她，我会给她一个紧紧的拥抱，一个深深久久的吻，以爱的名义，去触及她内心的温润的渴望。

住在心底的云

梁洛住院没多久，得知自己的病情后，小脸蛋上硬是挤出笑容来，嘶哑着嗓子说："我无父无母，走了也无牵无挂。"

只是这一句话，便将病房里所有人的心硌得生疼。

两岁那年，她的父母在洪灾中遇难，因为没爷爷奶奶，父亲又是独生子，她便成了没有翼翅的小鸟，住进了江苏的一家儿童福利院。

梁洛寡言少语，最好的朋友便是福利院王阿姨买给她的小浣熊玩具。人们常见她一个人抱着小浣熊，或手捧一本书，在夕阳下，在一隅。虽寡言，但她不孤僻。和绝大多数小说里描述的一样，这样的孩子很有出息，每次考试都稳居班级前茅。

福利院的墙很白，花很香，这时的她就是穿花而过的小蝴蝶。她也会在阳光静好的日子里，搬张小凳子，在花园里做作业。她还会像小精灵一样，去帮这个阿姨贴几张图画，帮那个奶奶穿个针引个线。逢到节日，她亦和其他小伙伴一样，这里蹦蹦，那里跳跳。偶尔，她也会静静靠在窗前，望着窗外怔怔发呆。

大家看着她像春天里的翠竹般茁壮成长，心头压着很久的大石头也落了地。除了初进福利院时,她会闹着要找父母,过段时间后便再也不去问父母在哪。王阿姨一边庆幸梁洛乖巧懂事,一边暗自为梁洛从不问及父母而落泪神伤——她说,血脉亲情再浓再深,或许也敌不过时间的无情流逝。其实也难怪梁洛如此,毕竟,父母去世的时候她刚刚两岁。

谁都希望这株让人怜惜的树苗,能得到与其他小树同样的阳光和雨露,在这个尘世间喜滋滋地长着,活着。但是,谁都没想到,命运却偏偏和她过不去。

去年,梁洛在学校突发高烧,且畏寒。老师们本以为是普通的感冒,但看梁洛面色愈发苍白,呼吸急促,心率加快,便将其送到了市人民医院。诊断结果出来——败血症,晚期。那一刻,所有人都呆了。

学校和福利院都想尽了办法,为可怜的梁洛募捐,特别是经过媒体报道后,一笔又一笔爱心捐款到达了指定账户。离得近的,还有人亲自到医院病房里看望梁洛。但残酷的现实是,钱已不是太大问题,她的病情却不断加重:呼吸困难,中性粒细胞指数不断攀高,几度出现昏厥的现象。好心的医生,在尽全力抢救的同时,也为梁洛的坚强而感动得落泪。看到梁洛那被病魔折磨得孱弱至极的小身躯,每个人都心如刀割。

入院的第四个月,梁洛病情加重,出现全身性感染,并且伴有多发性脓肿。一向安静的梁洛突然变得有点"不安分"起来,病榻上虚弱的她,向陪护人员提出了种种要求:她想穿很多以前想穿却从没穿过的花衣裳,她想吃很多以前想吃却舍不得吃的好东西。当然,没有人想拒绝这个可怜孩子的小心愿。

起初,大家也奇怪,这个向来节俭的孩子,怎么突然在乎起吃喝来了?不过细想之余,大家也都释然:或许,她是想到自己的病情不断加重,猜测自己时日无多,而人生还有许多美好未曾经历过,譬如好吃的、好穿的……这些都是同龄孩子正常拥有的,而梁洛却是在生命即将终结时,才敢小心翼翼地碰触这个卑微的愿望。

那天,我第五次去医院看望梁洛。病床上的她显得更加羸弱,呆呆望着天花板。她稍稍将头向外转了一下,微弱地问王阿姨:"我都吃那么多好东西了,怎么还不变得白白胖胖?穿那么多花衣裳,怎么还不变漂亮?"

王阿姨无言以对,大家也都怔立在原地。其实,她所谓的好东西,哪怕营养再多,她所谓的花衣服,哪怕再漂亮,又哪堪病魔的摧残呢?

伤感的同时,大家却又很奇怪:可怜的小天使,在生命的最后一段岁月里,要求吃这穿那,难道就是为了使自己变得白白胖胖、漂亮一些?

王阿姨突然想起了什么,揭开梁洛身上的被褥,大家都被眼前的景象惊呆了。以前那个犹如穿花蝴蝶般丰硕健壮的女孩去哪里了?床上躺着的她,四肢细得超出想象,骨骼凸出,青筋暴露——这个可怜的孩子,早已经被病魔折磨成了瘦弱不堪的样子。

王阿姨轻轻搂住梁洛,柔声说:"你在我们眼中,永远都是最美的。"

梁洛摇了摇头:"我不是在乎自己美不美。"说着,她把手指指向旁边的那些童话书,"书上说,每一个人去了天堂后,都会遇到他的亲人。阿姨,是真的吗?"

不仅是王阿姨,包括我们在内的每一个人,都重重地把头点了点。

"我吃那么多好东西,不是因为我嘴馋。我只是想,白白胖胖漂漂亮亮地去见爸爸妈妈。"梁洛的泪溢出眼眶,突然哭出声来,"要是就这个样子到了天堂,我怕他们会伤心得哭。"

语毕,只是刹那间,所有人的心便碎了一地。

六天后,梁洛永远离开了人间。我们自以为在她心中,"父母"这个概念就如一朵浅浅薄薄的云,在她的天空里经过,转瞬便消散,且了无痕迹,直到现在我们才明白,亲情、爱的概念,在她心中从未远离,那朵爸爸妈妈化成的云,永远停留在她的天空里,只是小小的她,一直将这朵浅浅薄薄的云,悄悄地搁在心底。

很多很多爱

在自小失去父亲的史蒂文·劳斯十岁那年,母亲被查出了骨髓癌,晚期。自此,史蒂文·劳斯便用瘦弱的肩膀扛起了整个家庭的重担。

为了给母亲补充病体所需的营养,史蒂文每天早上四点便会起床,沿着各条街道叫卖柚子。六点,再背起小书包前往学校。中午放学,他要帮母亲煎药,还要洗衣服、做饭。晚上,他必须在忙完所有的家务之后,才能趴在昏黄的电灯下完成老师布置的作业,常常要熬到深夜。

凯琳娜的病根本无法治愈,所以,史蒂文·劳斯所做的一切最终都将付诸东流。但是,史蒂文却无怨无悔。"妈妈的前半生我无缘结识,但她的后半生,我将照顾她到最后一秒。"史蒂文这样说道。

半年后,凯琳娜离开了人世,悲痛的史蒂文安排好母亲的后事之后,又投入了正常的生活中。然而,老天仿佛故意跟他过不去——就在凯琳娜离去的一个月后,史蒂文在一堂体育课上昏倒在了操场上。送到医院,诊断的结果是白血病。

孤独的史蒂文,在学校的帮助之下,又住进了那个四壁惨白的病房里。生病期间,史蒂文几度陷入痛苦与绝望之中。他没想到,上帝竟会将噩运接二连三地降临到他的头上。的确，这种打击对于一个成人尚且沉重无比，更何况一个年仅十岁的孩子？

史蒂文·劳斯的事情被媒体得知，并很快传遍了整个纽约，震撼了很多人的心灵。后来，陆陆续续地，有众多好心人为他捐了款，鼓励他要坚强地面对病魔，勇敢地战胜病魔。

在众多的好心人中，一位叫卡特的单身老太太除了给史蒂文送来了钱款之外，每天还抽出大部分的时间陪在他的身旁，将史蒂文当成自己的孩子般悉心照料。

史蒂文的事迹经媒体报道之后，也引起了慈善家杰克的高度关注。杰克是一家全球连锁企业的老总，更是一个热衷慈善事业的慈善家。得知史蒂文的事情之后，杰克的心久久不能平静，他决定要帮助史蒂文走出病魔的阴影，并在公开场合表示，要给史蒂文·劳斯捐助一大笔医治白血病的钱，且要帮助他长大成人。

如果杰克真的能对史蒂文·劳斯施以援手，那么，史蒂文将不再需要为自己的手术费用发愁了。杰克的决定，让众多为史蒂文担心的人松了一口气。

时光就在人们对史蒂文·劳斯的祝福的祷告声中慢慢流逝，史蒂文最终获得了骨髓移植的费用，并很快获得了新生。史蒂文·劳斯对那些陌生人的关爱始终心存感激，并发誓要用自己的成功来回报那些关心他的人。

然而，就在史蒂文转入德克萨斯州一所寄宿制学校时，纽约又发生了一件极具爆炸性的新闻。以前陪伴在史蒂文·劳斯身边的卡特太太向媒体报料，当年史蒂文·劳斯所收到的35万救助款中，慈善家杰克只捐了200美元。为了证明自己所说的真实性，卡特老太太还向媒体提供了杰克给史蒂文·劳斯的汇款单据。

一石激起千层浪！杰克当初的信誓旦旦竟只是口头上的虚伪承诺。一时之间，纽约众多媒体都头版头条地转载了这条新闻，民众也不理解杰克为什么要撒谎。杰克，也因此陷入了众人的唾骂声之中，在大街上都不敢抬起头来。每当遇到责问的人，杰克便一语不发，以沉默的方式避开。看来，他也为自己当初的行为而感到羞于面对世人。

十年之后，二十岁的史蒂文·劳斯成了一家企业最年轻的销售部经理时，杰克却再次走入了公众的视线。他表示自己当初并没有撒谎。

杰克说："当年，我共给史蒂文·劳斯捐了20万美元，帮他渡过难关。只不过，我奔波了许多地方，用不同的名字作为汇款人将钱捐给了史蒂文·劳斯。"

但是，杰克的这种解释很难让媒体相信。

"史蒂文·劳斯大学毕业之后，以出色的成绩被一家企业聘请。而这家企业的总裁，正是我。当年，我知道，当时的史蒂文·劳斯需要的不仅仅是钱，他在经受接连的打击之后，需要的，更应该是更多人对他的关怀。"杰克说到这里，微微一笑，"所以，我把20万美元分成若干个等份，用不同的名字给他汇款，就是想让他知道，这个世界上，还有很多的好心人在默默地爱着他。我也相信，多一个人，就多一份爱；多一份爱，就多一份温暖。这种温暖将会赐予他巨大的力量，使他人生道路上的步伐更加稳健。今天，事实证明，我的想法没错。"

原来，在杰克的心中，能够帮助史蒂文·劳斯的不仅仅是钱，而是人与人之间的关爱。这种爱，将温暖史蒂文·劳斯一生。

善良是世间最美丽的天堂

去那家医院，为的是探望那些在矿难中失去亲人的孩子。

我们一行总共五人，除了我所在电视台的三个同事，还有报社的两个记者随行。我们采访之前就知道，由于矿难事发地点位于贫困山区，这些孩子们的父母大多一起下井工作，为的是能多赚一点贴补家用的钱。所以，这些孩子中，有很大一部分是失去双亲的孤苦孩子。来之前的电话联系之中，这家医院的负责人就要求我们，孩子们心理上的阴霾还未散去，采访的内容不要过度触动孩子脆弱的精神。

其实，我们此次并非全然为了工作需要而采访，更重要的是，我们希望通过报端、荧屏，向社会上的个人、团体以及一些慈善组织发出呼吁，希望他们对这些孤苦伶仃的孩子伸出援助之手。所以，在到达医院的时候，我们向院方提出一个请求，想找一个落落大方、能言善道的孩子接受采访。毕竟我们清楚，山区的孩子没见过什么世面，极有可能在镜头前无比窘困，甚至讲不出话来。

最终，站在我们面前的是一个叫杜鹃的女孩，皮肤微黑，透着清秀，一双大眼睛里波光潋滟。站在她身后的是一些比她年龄还小的孩子。但令我们没想到的是，就是这样一个令我们初次看到就很满意的女孩，在我们的柔声轻语之中，却还是十分紧张，特别是在镜头前，躲躲闪闪，显得局促不安，任我们再怎么安慰，还是无济于事。采访，不得不数次中断。

最后，负责对这些孩子进行心理治疗的女医生来到了采访现场，对杜鹃耐心劝导、解释，并告诉她，通过电视镜头，才会有更多的人看到她，也就会有更多的人了解到她的事情，有更多人向她伸出援助之手。

杜鹃说："我知道了，我努力做好！"

采访继续进行，杜鹃却还是那般局促不安，在镜头前不断地躲躲闪闪。我们急了，这样的镜头怎么能上荧屏呢？

我们的心里都在想，这孩子这样的表现，还是因为生活地偏僻，未经世面，抑或失去亲人的痛感还在心头久久未散。我们正准备提出换人之际，杜鹃突然问我："叔叔，这照相机（摄像机）只照我一个人，是不是好心人就帮助我一个？"

我们哑然失笑。我笑着解释："怎么会呢？你们每一个人都会得到帮助。"

"哦。"小女孩长吁了一口气，好像心里一块大石头突然落了地，"这就好了，这就好了……"

我奇怪，问她为何有这般说法。

"我以为谁站在照相机（摄像机）面前，谁就会得到帮助呢。"杜鹃脸色羞红，显得万分不好意思，"所以，我躲一下，闪一下，才能让更多的人看到他们。"杜鹃回过头来，看了看站在她身后的那些小朋友。

瞬间，我们心底最温润的地方，就被这个叫杜鹃的小女孩的话语重重地击中了。她在镜头前躲躲闪闪的原因，任我们这些所谓阅历丰富的成年人去做种种猜测，还是没有猜到。一颗天真、纯洁的心灵，因了一份善良，在世间所有所谓成熟的事物面前，都显得无比温润、高贵，能将多少颗处在阴霾里的心灵，从痛苦中带入世间的爱的天堂！

善良像人间最美的天堂。

留我在人间想着她

若世间真有属苦命的人，三十二岁的戚美霞定然算得其中之一。

戚美霞从小在福利院长大，无父无母，无依无靠。懂事的她，在政府的帮助下，学习一直很刻苦。大学毕业后，二十岁的她找了份家教，晚上又在城区摆摊卖些东西，一个月虽然忙碌劳累，但有三千多元的收入。

生活一直就这么平淡地继续下去，直到二十二岁那年，她遇见了周华——日后她的丈夫，生活终于由波澜不惊中泛起了一圈圈幸福的涟漪。周华第一次见到戚美霞，得知她的身世和现在的境况后，又是同情，又是敬佩，不禁对眼前这个长相秀气的女孩产生了爱意。

每当天幕被涂黑时，周华就赶到戚美霞的摊点，选这个，买那个，并不时和戚美霞攀谈，关于人生，关于未来，无所不谈。戚美霞也得知，眼前的周华也是科班出身，涵养极好。两人在以后的接触中，渐渐产生了火花，只是谁都没有捅破这层纸。最终，那个情人节的晚上，周华手捧玫瑰，当着广场上那么多人的面下跪向她求婚，戚美霞激动得掉下了眼泪，欣喜地应了他。

婚后一年，他们有了自己的女儿，起了个好听的名字——盈儿。盈儿的到来，让周华和戚美霞的脸上，幸福更浓。两人拼命忘我地工作，周华还在下班后干起了电动三轮车拉客的营生，他们争取在三年内在小城买一所小面积的居室，也好有个长久的安顿。

他们憧憬着美好未来，命运的噩耗却偏偏在这时落下来了。

因为想及时赶到马路对面的大巴前抢客，周华的三轮车在穿越马路时，被一辆疾速而来的轿车撞飞。周华，终因伤势过重，带着梦想和憧憬，永远地离开了人世间。

戚美霞觉得头顶的天瞬间塌了，日子自此便在以泪洗面中度过。若不是两岁的盈儿可爱的面容和那对一切都很茫然的眼神，让她心如刀绞之余又怜惜不舍，她哪里还能独自在人间存活下去？盈儿，现在成了她在人世间唯一的惦念了。

戚美霞一个人担起了所有的担子，继续用羸弱的肩膀在生活中撑起一片天。她把女儿打扮得漂漂亮亮，把工作做得有声有色，将租住的小屋打理得干干净净，仿佛很快便从失去丈夫的阴影中走了出来。只有她自己知道，夜深人静，她会在盈儿熟睡后，一个人把头蒙在被窝里，偷偷地啜泣。

盈儿九岁那年，戚美霞单位组织体检，当看到体检结果时，戚美霞当时就晕了过去。体检单上写着"白血病"三个字，且注明是晚期。

买房的梦想破灭，让女儿上最好的学校的憧憬破灭，一切的积蓄都花在了自己的身上。盈儿看着母亲因为放疗化疗而没了头发，还有那憔悴至极的面容，特别是当她看见母亲痛苦得呕吐之时，因为心疼妈妈，小小的她顿时大哭起来，内心疼痛万分。

戚美霞知道这病再治下去也没用，便要停止治疗，这样还能省下一笔钱让盈儿日后用。盈儿得知后，小脸上充满了毅然和决绝，她说："妈妈，要是你不治病了，盈儿也不活了。"说完，泪如雨下，号啕大哭起来。就连旁边见惯了生死离别的医护人员，亦未能忍住，任由泪水簌簌而落。

起初，谁都以为盈儿只是心疼母亲而随便说说。谁都没想到，一个夜深人静的晚上，盈儿在母亲睡着了的时候，趴在病榻边，用铅笔刀割破了自己的右臂动脉。鲜血狰狞地流过床单，落在地面上。若不是夜里查房的护士恰好在这个时候进来查房，盈儿怕是已经不在了。

接下来的日子，医护人员格外小心，防止盈儿再生死意。戚美霞见盈儿如此，内心更是如锥剜，似刀刺，嗓子都哭哑了。

事情经报道后，无数人被盈儿感动，捐款也一笔笔地到了戚美霞在医院的账户上。然而，尽管社会各界帮助，医院亦想方设法，戚美霞最终还是没能挺过去，离开了人世。那天，十岁的盈儿哭得失声，几度昏厥过去。

有好心的社会机构收留了盈儿，且派出专人，二十四小时不间断轮流看护盈儿的生活起居。社会上的好心人，也一批接一批地来看望盈儿。谁都知道，这个年龄才十岁的小孩，内心有着许多成人都不敢想象的坚决，他们怕一时不留心，盈儿会再度选择轻生——母亲病时，她都如此，母亲死了，她怕是更没有活念了。

接下来的日子有点奇怪，因为大家都发现，盈儿很快走出了阴影，脸上的笑容也逐渐多了起来，仿佛轻生这个念头，无端地从她头脑中消失了。一年过后，小盈儿每天蹦蹦跳跳去上学，高高兴兴回来，像一只快乐的小麻雀，从不知人间忧愁疾苦。

看来，关乎母亲，关乎母爱，再亲再深，亦终究敌不过岁月的冲淡，斗转星移的消磨。

也正因为这样，一个看护阿姨才大着胆子，微笑着问盈儿："盈儿，你终究知道活着是好，不再让我们担心了。"

十一岁的盈儿小脸一抬，本来还有着的笑容，瞬间便消失。她泪如雨下，颤声说了一句谁也没想到的话："我要是死了，世上就没人惦念妈妈了。我得留着这条命，在人间想着妈妈。"

"留我在人间想着她！"这是一个十岁孩子的朴实语言，不豪迈，不堂皇，不灿烂，但却是一个孩子，关于母亲，关于母爱，所发出的最壮美的箴言。

黑暗里的生命之花

余震不时袭来，站在印尼亚齐省地震废墟上的尼洛佐约，心仿佛被刀剜了千万遍。

三小时前，6.1级地震来袭，几声巨响，正浇花的尼洛佐约被眼前骇人的景象惊呆了。随即她痛哭失声，因为七岁的女儿阿米奇正在屋里。

一块又一块厚实的水泥板，裸露着的像插在尼洛佐约心头的一根根狰狞的钢筋，让前来的救援队伍认定了阿米奇的生命必然已陨落。谁知四十分钟过后，废墟下突然传来轻轻的呼喊声。仔细一听，正是阿米奇喊出！透过废墟的缝隙，人们发现了被压在水泥板下面的她。

营救马上开始。可是在挪去那些楼板的同时，如何保证阿米奇不会受到二次伤害？这成了摆在救援队面前最大的难题。最终，他们商定，用加长的钢板延伸到阿米奇的上方，然后再用大型起重机吊起上方厚重的水泥板。

谁也没想到，救援方案即将实施时，余震一波接一波袭来，且愈发剧烈。阿米奇焦急地喊着，让妈妈快离开这里。可是，尼洛佐约又怎能抛弃自己的女儿呢？尽管阿米奇再怎么要求，救援人员再怎么劝阻，尼洛佐约依然坚守在废墟上。废墟之上的尼洛佐约声声泣血呼喊，废墟之下的阿米奇句句锥心劝阻。

第三轮余震袭来时，废墟下突然失去了阿米奇的声音。更为恐怖的是，缝隙也被堵死了。安全起见，救援队将尼洛佐约从废墟上拉了下来，只让她在一旁守望。

两个小时过去，阿米奇无任何音讯传来。谁都明白，这个七岁小女孩的生命，现在已经显得无比孱弱。

地震已经足足过去了二十六个小时，失魂落魄的尼洛佐约茫然地呆坐在一隅。救援人员答应她，只要有万分之一的希望，他们仍会全力以赴。又过去三个小时，当救援人员将最后几块水泥板挪开时，突然听到废墟之下传来一声响亮的呼喊声。是阿米奇，没错，绝对是阿米奇！

谁都没想到，整整二十九个小时，七岁的阿米奇只是喝了几口废水，粒米未进，却仍能存活下来。

对于一个七岁的小女孩，这是一个莫大的奇迹！媒体采访时，她告诉记者，其实她的意识一直都很清醒，之所以再没有发出任何呼救的声音，那是她故意的。

哪有母亲苦苦呼喊，而女儿却不回不应的？

阿米奇解释说："余震不断袭来，妈妈却坚守在废墟之上不肯离去。我不再回应，就是为了让她熄灭对我活着的希望，这样，她才能离开危险的废墟。"说到这，阿米奇抹去泪水，补充道，"我是多么害怕余震会让母亲受到伤害！"

2013年7月3日，印尼亚齐省发生了6.1级地震，造成了数十人伤亡。在关于这场地震的报道中，很多媒体盛赞了七岁的阿米奇，她让人们不仅看到了废墟上的生死营救，更见到了废墟下动人心魄的人间大爱，那爱，犹如黑暗里明艳的生命之花。

山 乡 夜 宵

几年前,我去贵州一所山村小学支教,尽管早已有心理准备,但还是被眼前的景象惊呆了。

破败的教室,墙漆被岁月剥落了一块又一块,露出斑驳的皮肤。黑板果真如我在电影里看到的那样,是用黑炭灰打底的一面墙。课桌和凳子也都是缺胳膊少腿的,支离破碎。唯一像模像样值得一提的是粉笔,校长说,都是山外面的人捐赠的。

我过惯了城市里现代化的日子,但也并不厌弃山村小学这种枯燥乏味的生活。那些脸庞布满尘埃、衣衫褴褛的孩子,面对新知识时的表情,真的让人心疼。当然,他们是孩子。孩子最亮最美的眼神,永远都不是在面对书本时,而是在我给他们讲城市里的所见所闻时,尽管,他们对"城市"这两个字并没有什么概念。

我给他们讲城里的飞机场、高铁、巴士,给他们讲慈祥的山姆大叔,还有各种各样的美食。孩子们听得很认真,在消除了前几天和我初见时的生疏之后,便叽叽喳喳地和我热闹了起来,问这问那。

一天,我讲起了城市里的夜生活,提到"夜宵"两个字时,绝大部分孩子都感觉很新奇。毕竟，夜宵属于正餐之外的第四顿饭，对于贫困的山村来说，能保证一日三餐就已很不错了。只有坐在最南面的男孩落落显得不屑一顾，把小嘴撇得差点到了耳旁。

我笑问他："落落，你吃过夜宵？"

"夜宵有啥奇怪的？我们家几乎每夜都吃。"落落鼓起了可爱的腮帮子，"只不过，不叫夜宵而已。"

"那叫什么？"我走近他，轻轻地抚摸着他的头。

"饭呀，就叫饭呗。"落落扬起可爱的小脸。

落落告诉我们，他的父母都在山上的煤矿里，一天只在家吃一顿早饭。然后，一直到夜里十二点左右出了井才回家。夜里到家，劳累了一天的父母，便会叫醒落落，一家三口开始晚餐。

我问落落，那中饭怎么办？落落说，早饭吃得多一点，中饭就省了一顿。

我心疼他，柔声问："晚饭到夜里才吃，难道不饿吗？"

"饿！我会先就点馒头和白开水垫垫肚子，但夜里的饭是必须要吃的，再困也要吃。"落落说，还歪着脖子继续补充道，"爸爸说了，一家人，每天都要在一起吃一顿饭，这才叫一家人。"

尽管落落说得很含糊，但我也不必了解其中的详细，便能猜到内情。我心里佩服落落的父母，哪怕是再苦再累，每天也要和孩子在一起吃顿饭。这，才叫家。我可以看到，他们一家三口一起的时候，黑夜也会因了这份温馨，而羞怯地躲走几分。有月的时候，月色也会因了这份暖，而多了几分温柔。落落的父母，实在称得上是一对睿智的父母。

我在城里时，一天三餐，几乎都是在外面吃的。对家的概念，有时会放大许多，诸如为父母买新衣裳，给他们置办寿宴，带他们去旅游，却很少将普通的一日三餐与亲情联系起来。

　　记得一篇文章里写过,有没有一顿饭让你泪流满面?我想,山村里的落落家的"夜宵",已经做到了这点。我甚至认定,落落家的"夜宵",定然是很香很香的吧。

不是每一朵花都有提前开放的理由

2007年10月,年仅八岁的新加坡男孩小艾尼又传出惊人之绩:在英国某考试机构的顶级化学考试中,他以惊人的成绩顺利通过了测试,并成为史上通过该考试机构测试的最年轻的考生,被列入《新加坡记录大全》。

为了能将小艾尼"收为己用",从而起到扩大自己学校知名度的作用,各大学府在招生政策上一路大开绿灯,纷纷以各种诱人的条件向艾尼抛来了橄榄枝,希望他能成为自己学校的一名学生。

然而,小艾尼毕竟是一个孩子,不想背井离乡,远渡重洋去求学。因此,小艾尼最终将目标定为新加坡南洋理工大学。

小艾尼在家人的帮助下准备申请入学,可令人意想不到的事情发生了——众多学校热捧的"小神童"艾尼竟然在这里遭受了闭门羹。学校负责招生的一名教授明确表示,将拒绝招收这位"令人垂涎"的"神童"入学。

艾尼的家人对南洋理工大学的做法感到万分不理解:自己的儿子,众多一流大学连抢到抢不到,在这里为何却遭到拒绝?

教授这样解释:"无论艾尼的天赋如何,对于我们来说,他都是一朵娇嫩的花骨朵儿。对于这样一个孩子来说,学校实验室内的长椅太高,架子太高,化学仪器太大,根本不适合孩子幼小的肢体。"他还进一步解释,"更重要的是,我们始终认为,艾尼应该有更适合他生长的阳光雨露和纵横驰骋的空间,我们不能因为学校的荣誉而过早地扼杀孩子的想象力和对科学的热情。因为,并不是每一朵花都有过早开放的理由。"

最终的结果是,艾尼没有如愿进入新加坡南洋理工大学。

天气太好，出去玩吧

那一天，是5月中最朗润的一天，甚至会成为一年间最温婉的一天。天空是被天使擦拭得干净净、蓝莹莹的大玻璃，不带一丝尘埃。白云是被上帝精心搓揉、裁剪过的绸缎，姿态万千，形象各异。还有那天与地之间的花草树木，亦宛如被鸟唤醒，被风叫起，生机勃勃。

这一天的美国华盛顿州贝灵汉小学，校长桑普森在办公室窗前，兴奋地望着窗外的一切，兴奋地向董事会成员叫道："瞧，这是多么与众不同的一天呀！"其实不用桑普森说，董事会成员也早早就感觉到了这一天的美好。确实，这一天是华盛顿州好几年天气最好的一天。

三十八岁的学务主任杰约顿正准备带领小朋友们晨读，突然接到了校长办公室打来的电话。杰约顿听到电话里的通知，嘴巴顿时惊成了一个巨大的"O"形："什么？放……放假？"

接下来，关于贝灵汉小学临时放假的通知，在很短的时间内传遍了整个校园。特别是教室里那些可爱的孩子们，当得知这个消息之后，教室早已经不是教室，而是充满欢乐的鸟巢。无数只鸟儿在欢呼，在雀跃——这，实在是美好的一天。

华盛顿州贝灵汉小学是全美国最有名的小学之一，素来以严谨中透着温情，高效但不失轻松享誉全美。这次临时放假是当天早上校长桑普森所做的临时决定。这，是不是有点冲动莽撞的嫌疑？校长桑普森给全校学生放假的理由竟然是：今天的天气实在太好，放假一天，让孩子回到家里去，回到自然中，好好玩玩！当然，学校也给学生布置了唯一的家庭作业——拍一组漂亮的照片，带回学校。

第二天上午，教室里到处都展览着小朋友们的杰作。塔肯带回的照片上，什么是被子植物，什么是裸子植物，拍得清清楚楚；约克带回的照片，让所有小朋友都明白，原来松鼠的尾巴没有课本里画得那么粗；特别是琼斯拍的照片，群鸟在一起集会，更是引起了小朋友们的兴趣。

桑普森到各个班级巡视，兴奋地夸道："这是最好的作业，也是孩子们最好的作品！"

天气糟糕放假无可厚非，但"天气实在太好"这个看似荒诞的放假理由，也并没有遭到大众和媒体的非议。相反，华盛顿州几乎所有的民众和媒体都表示，贝灵汉小学的真正的人文主义精神，不需要校史见证，也无须奖项的列举，更不需要谁来解说。因为，最能体现这种精神的，就是那一天的放假。

"孩子们需要享受放假的快乐，这样才能精力充沛，展现出他们应有的活泼。"校长桑普森解释放假的积极意义。固然，所有人都支持这种让孩子回归自然、享受自然的做法，但大家更在乎的是，"天气实在太好，放假出去玩吧"这则通知里，折射出的更多的，关于教育、关于人生的引发人性思考的脉脉的温情。

"一张"阳光

"我想到外面晒晒太阳！"尽管老人几乎每天都念叨着这句话，但都未果。

确实也难。老人瘫痪在床，住在医院里最廉价的病房——狭小潮湿，有门，没窗。

老人的子女都上白班，忙得很，都是晚上轮流来看望一眼，送点吃的东西之后，便拔腿走人。老人连台轮椅都没有。其实，有了轮椅也没用——他的子女白天都上班，谁来推他出去晒太阳？

想晒太阳，却得不到阳光的滋润，渐渐地，晒太阳也就成了老人的心病，同时也成了这个廉价病房甚至连隔壁房间都在讨论的话题。

"不孝""白养了""白眼狼"等字眼，是大家对老人子女的评价，大家对老人深表同情的同时，也免不了将那些对老人子女表示愤恨恼怒的词汇，一股脑儿全部抛了出来。

老人听了，也不怒，只是苦笑，还有脸颊上时不时流过的泪水。

一天，病房里一个病友的七岁小女儿跑过去，拉着老人的手说："爷爷，我帮您晒太阳，好吗？"

老人看着眼前这个瘦小的身躯，想着自己瘫痪的下肢，爱怜地摸着她的脸蛋儿，说："闺女，爷爷不能动，你又这么小，又没有轮椅，你怎么帮我晒太阳？"

小女孩歪着脖子，狡黠一笑："我有办法，明天就让您晒太阳。"说完，便头也不回跑了出去，犹如穿花蝴蝶。

翌日清晨，老人病床的内墙壁上，多了一张线条稚嫩却色彩浓艳的画——一轮太阳，红艳至极，金灿灿的阳光，照亮了天与地之间。

画还有个名字，在太阳的上方，歪歪扭扭地写着四个字——"一张阳光"。

老人醒来的时候，小女孩拉着他的手，指着那幅画说："爷爷，外面有好多好多片阳光，但我只能给你一张阳光了。"

"一张"阳光！也许，这个量词用得极为不妥，但老人于泪水纵横中明白，这是他听过的最美的量词，墙上的，是他生命中看到过的最美的一幅画！

月光下的舞蹈

那年,我在建筑作业时不慎坠落受伤,由家人护送住进了医院。

俗话说,伤筋动骨一百天。这一住,就住了整整三个月。

七岁的女儿向来最为我所宠爱,听说爸爸摔伤,每天下午放学后都会来到病房,陪着我聊天,讲故事给我听。直到天空被涂黑了,妻子才会将她送回家,由爷爷奶奶照顾。

住院期间,我们经常听到隔壁病房传来的声音——稚嫩的声音,很明显是个孩子的呻吟声。那声音,虽然不大,但却透过房门传过墙,尖锐地刺进了我们的心房。我知道,隔壁的病房是重症病房,住进去的人大多是一只脚踏进了鬼门关。而据同室早来的病友说,那是一个年方九岁的女孩,不幸患上了白血病。经常放疗化疗,成人都不堪忍受,更何况是一个这么幼小的女孩?

女儿闻听,心疼隔壁的陌生姐姐,常吵着要到隔壁看望一下姐姐。起初,我们怕女儿会被隔壁小女孩因为化疗而头发脱光的样子吓到,更担心她幼小的心灵太早地落下关乎死亡、关乎消逝的阴影,便一再婉言拒绝了她的要求。但她很是执拗,每天都要吵上几遍,且每一次都泪眼婆娑,瞧着都让人心疼。没过多久，我们便同意了她的要求——经常地，由妻子陪着她去看望隔壁的姐姐。

这一来二去，时间久了便熟悉了。女儿和隔壁的小女孩相处得极好，她们之间，一口一个"姐姐""妹妹"，叫得异样甜蜜。

女儿告诉我，姐姐的病，等到天使在月光下跳舞的时候，就会好起来。我微微一笑，心想，这世间有天使吗？还是妻子告诉了我原因。

原来，就在前两天，小女孩问到她的母亲，她的病究竟什么时候才能好起来。善良的母亲无奈之下，只好落着泪说了一个美丽的谎言，说她要好的前一晚，会有天使在月光下跳舞。小女孩信了——稚嫩的心，不信母亲的话，还能相信谁呢？

此后，每到月圆的夜晚，小女孩总是睁着眼睛，等待着天使的到来。但是，每一次，都让她失望了。女儿每次再去看她的时候，小女孩都是哭个不停，说天使不来了，说她会不会死去，再也见不着爸爸妈妈了。女儿总是给她打气，说天使会来的，只是天使在考验姐姐的耐心。

那一幕幕、一声声，让每一个人的心痛如刀绞。上天有时确是无情，为何将如此的不幸，降落到如此幼小的孩子身上？

时光过去了没多久，隔壁传来的声音没有以前那么清晰了。谁都知道，小女孩怕是坚持不住了。

那一夜，是月圆之夜。那天，女儿执意不回去，说要在病房里陪我。妻子只好让她睡在我的床尾。

那一夜，我依稀感觉到脚端的被褥下有风进来，便朦胧间动了动，却没靠得着女儿，便立即惊醒了过来。妻子也是一脸蒙然，慌忙在病房里找了起来。结果，没找到。就在我要下床准备和她一起出去寻找的时候，站在窗口的妻子突然呆住了，良久才招呼我，让我快过去看。

我慌忙走近窗口，窗外的一幕亦让我蓦然呆住了。转瞬，泪水就哗哗地掉落。

窗外，月光如水，一向在班级里多才多艺的女儿，化装成天使的模样，挥动着乳白色的羽翼，翩翩起舞。

我们终于明白，女儿为什么白天吵着要在病房里过夜，亦明白女儿白天里多带了一个包的原因——那里，装着的是她跳舞的行头，是她扮演天使的道具。我们更明白，那一夜，隔壁病房里的女孩，一定醒来过——因为女儿白天里和她偷偷约定好，说天使在今夜一定会降临。

那一夜，在天地间的清辉下，没有音乐，没有舞台，但我看到的，是女儿跳过的所有舞蹈之中最美丽的舞蹈，看到的是世界上最美丽的心灵。

月光下的舞蹈，爱的舞蹈！

让爱在爱的温室里更好地生长

那年,退休已经有了一段时间的她,终究没有耐住寂寞,以将近七十的高龄重新返回了原所在单位——深圳一家公司的医务室。在工作的闲暇时间里,她竭尽全力地为在深圳眼科医院工作的儿子奔走,呼吁社会上更多的人关注角膜捐献,支持儿子创办的全国首个眼库——深圳狮子会眼库。

直到2000年的一天,一场无情的大病无情地降临她的头上,将她那虽然平淡却又显得充实的生活画卷中最后一抹幸福的色彩扯走,剩余的是一片无力的惨白。医院开出的诊断书上,一行触目惊心的大字赫然映入她的眼帘——"十二指肠壶腹周围癌"!从事医务工作多年的她,深知这种病的严重性,在住院期间就悄悄立下了书面形式的遗嘱,并将遗嘱藏于枕头之下。遗嘱上,她委托同是从事医学工作的大儿子——深圳眼科医院眼科医生姚小明,在她死后将其眼角膜捐献出去,以期能使更多的人重见光明。尽管她很是小心,但这个细微的动作,还是没有逃过日夜照顾她的小儿子那双爱的眼睛。遗嘱,最终还是被发现了。遗嘱的内容刚公开,就遭到了家人的强烈反对。包括大儿子姚小明,他也对母亲的这个举动表示深深的不理解。她紧紧握着大儿子的手，说："以前我支持你的工作，都停留在口头上。现在，真正支持你，我就应该落实在行动上。你是眼科医生，应该理解妈妈的心思，更应该完成妈妈的心愿。"大儿子看着母亲真诚的眼神，痛苦地低下了头，终于做出了一个艰难的抉择——答应了母亲的要求！

在与死神抗争的日子里，她经常将大儿子叫到面前，询问他有关角膜捐献的事。那天，她更是向大儿子问了一个极具专业性的问题：为什么有的人捐献眼角膜时，要将整个眼球摘下来呢？大儿子没做细想，便随口回答了她：如果取下眼角膜，可以立即转移到眼库之中，那么就有利于角膜移植的更进一步的处理。没想到，大儿子的这个无心的回答，让她做出了一个更加惊人的决定——捐献整个眼球！这个决定，让家人都无法理解她——一个生平最爱完美的人，竟然甘于带着残缺离开人世间！尽管她的决定再次遭到了家人的反对，但一向执拗的她最终还是坚持了自己的决定。随着病情的加重，她也感觉到死神正渐渐向她逼近。弥留之际，她将儿女们叫到面前，又说出了人生的最后一个心愿：希望自己死后捐献出的眼球，其中的角膜，能由大儿子姚小明亲手移植给每一个需要光明的人。病房中，大儿子姚小明含着热泪，轻轻地点了点头。如果说，她死后捐献出自己的眼球，是希望将爱传递给需要光明的人，但，她又何必还要求儿子亲手将自己的角膜移植给别人？答案，在她去世后不久，由她的大儿子姚小明亲自揭开。"妈妈之所以提出这样的要求，那是因为她想亲眼看到我将她的角膜移植给别人。更重要的是，她担心自己的角膜在别人手中会有所闪失，导致角膜移植产生不了应有的效果。因此，她让我亲手将她的角膜移植到别人的眼中。"姚小明说到这里，泪光闪烁，语声哽咽，"妈妈知道，儿子会将她对人间的爱极其负责、百分百地传递下去！"

如果说捐献眼角膜是一种爱，让儿子亲手将角膜移植到需要的患者身上，则营造了一个温暖的爱的温室。一切，都是为了让爱在爱的温室里更好地生长、传承。

那天在电视上看到她的事迹，到如今已事隔多日。而她，亦已经走了多时。夸父逐日而死，死后却将手杖化作邓林；女娲命归东海，魂魄化为精卫继续奉献人间。这些动人传说远离我们几千年后，她用天使般的心灵，温暖人心的大爱，在人们的心中滋生无限温暖。爱是世间最温润、最柔软的一部分，也让人们无须任何理由便永远记住了她的名字——丁剑芬，深圳狮子会眼库第70位捐赠者！

爱比什么都重要

伴随着巨大的引擎声,一辆由兰博基尼改装成的炫酷蝙蝠车,在五岁的蝙蝠侠迈尔斯的"驾驶"下,在他自己也不敢置信的眼神的注视下,从高谭市的各条街道上呼啸而过。

10点30分,迈尔斯接到电话,在高谭市诺布山有一名年轻的女性被绑架。迈尔斯挂了电话,立即驱车前往当地。在诺布山缆车轨道上,迈尔斯看到了被歹徒劫持的女人质,他立即下车,身着蝙蝠装英姿飒爽地攀上轨道,用激光枪命中歹徒,成功营救了人质。在轨道下方,数以万计的民众为他的英勇表现鼓掌欢呼。

11点整,迈尔斯到达蒙哥马利大街的一家银行,将在这里抢劫银行的大盗谜语客生擒。12点45分,高谭市的城市吉祥物被大盗企鹅偷走,仅仅二十分钟之后,蝙蝠侠迈尔斯就在国王街和三王街交叉口的公园广场,将企鹅成功抓捕。

下午2点,英勇的蝙蝠侠迈尔斯满脸都是灿烂的笑容,出席了旧金山市政厅举行的大规模庆祝活动。会议上,旧金山市长李孟贤授予了迈尔斯城市钥匙,并对他说:"蝙蝠侠,谢谢你拯救了城市!"

这不是电影,而是真实的故事!

四年前,出生十八个月的迈尔斯被查出患有白血病,数年来,他一直在疾病的煎熬下度过。上个月,他拆除胸部药物插管,目前处于康复阶段。被病痛折磨已久的迈尔斯吐露出一个愿望——他想化身蝙蝠侠,惩恶扬善,拯救世界!

迈尔斯做梦也没想到,他的愿望很快就得以实现。在美国许愿基金会的动员下,数十万的民众加入这场圆梦行动中。2013年11月14日,五岁的迈尔斯到达旧金山,他只知道今天自己将会领取一套蝙蝠侠服装,却全然不知道一场空前的大规模的圆梦行动正在等他。

翌日,警察和数千名志愿者在街头维持秩序;沿途数十万民众自发围观、追随,为"蝙蝠娃"喝彩;而更令人叹为观止的是,网下有至少1.2万志愿者参与了活动,网上则有至少1100万人关注迈尔斯的行踪,为他叫好,为他鼓劲。

而就在这一天,旧金山市变成"蝙蝠侠"系列电影里的高谭市,旧金山警察局长格雷格·苏尔化身为高谭市市长,就连旧金山当地报纸《旧金山纪事报》当天也为此出号外,刊名更改为《高谭市纪事报》,头条是《蝙蝠娃迈尔斯解救城市》。而就在当日,旧金山的司法部也加入了演出,地区检察官顺势发出新闻:如果不是蝙蝠侠迈尔斯的努力,我们的城市和周边地区可能遭到巨大的浩劫!

旧金山民众希恩说:"我要与女儿为这个年轻的战士欢呼。这是一个感人的故事,一座城市来圆一个小男孩的梦。孩子,没有我们的许可你绝不能死掉!"

美国总统奥巴马专门发来视频,鼓劲说:"加油,迈尔斯!去解救高谭市。"

更令人感动的是，此次活动中，美国众多媒体都提及了这样一个话题——为了迈尔斯的圆梦行动，全城投入了大量的公共和民间资源，但是，全城无一人质疑是否值得！

是的，没有人质疑！因为谁都知道，爱比什么都重要！

尘世间的歌者

（一）

你不得不承认，一开始，我们的歌声是放肆的。

从村小简陋的教室里，我们一路飞奔，途经田野，飞扬的衣袂，偶尔会与路边的红花碧草亲密接触；我们一路飞奔，还经过林间小径，偶尔，放下书包，顺势就在林间的草地上打了一个滚儿。还有清凉的小河，也不管初春的水，是否还未褪去凉意，便用稚嫩的小手将水抄起一把。

而一路同行的，还有我们稚嫩的歌声。想想，那时的歌声，未能行云流水，只是拖泥带水地结巴着，唱了一句，还会忘记第二句。不过幸好，同行的小伙伴中，总有人能接下去。那时的歌声，放肆得有点目中无人，居然毫未顾及别人的感受——那一点唱功都没有的歌，现在听来，确实给耳畔又添了烦人的噪音。只是，那时的大人们，却没表示出一丝反感，相反，还会会心一笑，偶尔，还会有人和着我们的歌声。

那时，嗓子里出来的，是"鞋儿破，帽儿破，身上的袈裟破""世上只有妈妈好,有妈的孩子像个宝"之类的歌。当然,也会唱出"天姿蒙珍宠,明眸转珠辉……望断西京留传奇"的调子来,只是全然不知道沈珍珠心里的苦和怨罢了。

那年,我们八九岁。

(二)

你一定有印象,那个时候,你的歌声是遮遮掩掩、羞羞涩涩的。

课间里,在静静的角落里,我们会常常低吟着正流行的歌曲,歌词偶尔忘却,哼哼就过去了。在操场上,我们也会唱响自己的歌,声音低婉,只要别人听不到就可。甚至是课堂之上,一个不小心,心思居然会从李白的浪漫篇章里游离,顿时化作无数的音符,在心中默默轻唱。偶尔,在晚自习后回家的路上,我们会齐声放歌,滥竽充数,谁也听不出彼此歌声谁的好,谁的差,更重要的是那种齐刷刷的歌声,令人心潮澎湃。

以致,学校开元旦晚会,我们第一次用话筒对着屏幕唱歌的时候,内心尽管都想一展歌喉,但谁都不好意思主动上场。装了好一阵子,在大家的簇拥下,你"心不甘,情不愿"地持了话筒,放了歌。还记得,那时的歌声还是充满着紧张的——一个音符的战栗,是听得出的。谁也不好意思做动作,顾及台风,只是将目光紧紧盯着屏幕,不敢有丝毫的游移。生怕,一旦目光与任何人接触,便会现出年华的娇羞和青春的矜持。

当然,偶尔我们也会"不正常"一下。你永远都记得吧?那次,白衣胜雪的你,正是血气方刚,在大家的怂恿下,居然破天荒地对着隔壁邻班的那个漂亮女生唱起了歌:"隔壁班的那个女孩,怎么还没经过我的窗前……"为了有续集,你还顺势接了《同桌的你》,"谁把你的长发盘起,谁给你做的嫁衣……"

那年,我们正是十五六岁的年华。

(三)

哼哼间,我们的歌在青春的羞涩和朦胧间非正式飘过。真正拿起话筒,第一次严肃地唱张雨生的《大海》,我们在步行街的KTV里。

谁都记得《大海》的曲调,但谁都唱不上去,为张雨生清凉的嗓子喝彩,为自己唱不出高亢的音而扼腕。也是那时,才慢慢知道,张雨生的《大海》,并非我们原先所理解的那样——起初,我们认为《大海》也无非是爱情歌曲,后来才明白,张雨生的妹妹在海边弄潮时,永远离开了人世。

后来再唱,追求的不是高亢的音调,而是在歌声中体味,哥哥失去妹妹的心痛和无奈——"如果大海能够,唤回曾经的爱,就让我用一生等待。如果深情往事,你已不再留恋,就让它随风飘远……"

记得那年,我们投入感情唱《大海》时,你我,正比弱冠之年大两三岁。

(四)

五月天、周杰伦、飞轮海,等等,被现如今的孩子们追捧得热火朝天,而我们始终难以忘怀的歌星们逐一出现时,无端地,伤感涌上心头。

我们分明地看到和听到,孩子们喜欢的是咿咿呀呀追求押韵而无所谓意义的歌词,以及口齿不清、叽叽歪歪的歌声。有一次,我们谈起《同桌的你》，他们却哑然失笑，说还要那般羞涩？还不如跑到面前直接表白来得痛快。他们哪里知晓，真正的青春，就应当是勇敢中带着胆怯，大方中带着矜持。有一次，我们唱起《童年》，边唱边声音哽咽，他们笑说我们善于伪装和表现，说隔壁班的那个女孩，远不如近在眼前的班花。细想，他们哪里懂得什么叫曾经年少，什么叫往事依稀？

（五）

最近一次，是四月的一天。那晚，夜凉如水。

几个人，在钱贵的大包间里，欢快且明亮地唱起了十几年前，我们喜欢的歌，我们铭记的曲。

七八个人，都是同窗。除此，还有我们当初的两位恩师，一男一女。当酒精发挥作用的时候，本来低沉的声带，也极致地将高亢发挥；本来高亢的声音，却因为往事而变得低沉。

当年教我们的两位老师，歌声依旧洪亮，且有情感蕴藏其中。只是，在音符的浸润中，我们发现，我们的老师有了很大的改变——男老师当年是不惑之年，现在却白发厚生；女老师当年刚过而立，十几年下来，却也发间隐现霜迹。一如当年的我们，又懵懂无知的少男少女，现如今，已从青葱成为成熟，从稚嫩成为稳重。

那晚，我们正是二十七八岁的年龄。而老师们，却苍老许多。我们在KTV昏暗的灯光里，敏锐地发现，我们的老师——

只是一曲歌罢，男子已风华逝去，女子亦白发尽生。

我不是陶瓷

衡衡是一个"瓷娃娃",也就是俗称的脆骨病人,亦叫作玻璃人。

衡衡很调皮,但却又调皮得很可爱,调皮得令我们感到一浪又一浪地心酸。他吵着闹着要我们多把镜头给他。为此,他还专门把他精心制作的手工作品一件一件地罗列而出,而他就在自己的作品中间,满脸笑容地看着镜头,像是绽放着最暖的光。

他觉得还不够,便小心翼翼走到外面的草丛里,轻轻地躺下,又柔柔地滚了滚,时而扮成憨态可掬的熊猫,时而化作可爱精灵的猴子,看得我们在为他的乐观坚强而感动的同时,又觉得一阵一阵地揪心。

陪护人员告诉我们,说衡衡很小心,而且他的症状也稍微轻一些,简单的动作做起来没有什么问题。我们这才放下心来。

衡衡的表现欲似乎很旺盛,有时候,我们准备拍摄其他小病友的时候,他也要跑过来遮住镜头,拉着我们,叫把镜头都给他。

我们告诉他,片子是专题片,镜头要给每一个孩子的,这样,才能让全国的观众朋友们关注到每一个"瓷娃娃"的病情。

他点点头,说这些他都知道。

我们一愣，我们来拍啥片子他都知道？

衡衡告诉我们，他热爱生活，热爱父母，热爱阳光，热爱花草树木，也格外地热爱自己的生命。但是，他不想展现在世人面前的都是软弱，不想别人给的都是同情、悲悯。他说，他也有他的坚强。

衡衡拉我到楼道的一隅，四下里看看没人，才轻轻搂住我的脖子说："阿姨，他们都还小，不懂事，也笑不出来。我能笑出来，我多笑一笑，全国各地和我们一样的小朋友们，就会感受到快乐，就会多一份坚强，就敢继续活下去！"

我们一行自诩很成熟的成年人，谁都没想到，这个年仅九岁的孩子，小小的心灵里，竟然承载着这么一个伟大的愿望。

这次拍的片子，最后一个镜头还是属于衡衡的——他站在花园里，脸上依然带着能熔化钢铁的笑容，言语铿锵地说："我不是陶瓷，一跌就碎！"

衡衡身前，是争妍斗艳的百花，还有他紧握的小小拳头；而身后，是一轮初升的红日，冉冉升起，灿烂夺目。

因为她是藕

女儿喜吃藕。有一次，九岁的她夹起白嫩嫩的藕片，歪着脖子问："爸爸，藕长大了就被吃掉，她怎么这么傻，干吗不把自己长得再丑一点，生得难吃一些，好让人躲避不及，好保护自己的生命呢？或者干吗不把自己长得再美一点，好让人心生怜惜，不忍下筷呢？"

我工作之余，也常码字，很多文字见诸报端，常在女儿面前炫耀自己。听她这么问，我便自觉很有哲理地告诉她诸多道理。例如，世间万物，生来啥样，都是上天注定，没有美丑之分。再譬如，外表美，未必心灵美；反之，外表丑，未必心灵丑。甚至我还从生物链和医学的角度跟她讲，藕是莲的根茎物，可食用，成粉还可药用，消食止泻，开胃清热。

一番言语后，本以为女儿定然对我佩服至极，未曾想到，她居然摇头说："没你说得这么复杂。"

我愕然了一下，问她怎么想。她眉头一扬，浅浅一笑，轻声说："因为她是藕。"

我一愣，之后突然有种浅浅的感动。女儿说得没错。藕，她生来为莲之根茎，离茎下锅便可清炒爆炝，不雕琢自己，亦不掩饰自己，因为她本身就是藕而已。她若懂得美化自己，知晓遮掩自己，她便不是藕了。女儿的话，初听幼稚，细想却是箴言。

藕如此简单，女儿问得亦如此简单。只是有时，很多简单的东西，都被我们想得复杂了。

两年前，在政府机关任点小职的我回到农村老家，刚进门，就被乡亲们围住了。我有点怨怪父母，毕竟，我事先就在电话里叫他们不要把我回家的事说出去。父亲拉我到一边，说他和母亲没对外说，只是我回来时被乡亲们无意瞥到，所以他们才挤满一屋。

张大爷带来他亲自酿的黑米酒，王婶拎了一大包亲手磨的核桃粉，李姨则给拿来了水灵欲滴的菜园子里种的菜……总之，都是些不值钱的东西，但绝对是他们的一番心意。其中，不乏有些东西是抵得上农村百姓一两个月收入的"奢侈品"。

他们放下东西，七嘴八舌地向我问这问那，且争着拉我的手，看我好像不大爱答话，折腾了一番后便自觉不好，讪讪退出屋。我看着满屋的东西，突然有点不忍，便追到院子外问："你们……没什么事要我帮忙的吗？"

人群中的张大爷怔了一怔，突然一笑，告诉我，说我从小偷喝过他的米酒，还偷摘过王婶家的苹果，最喜欢吃李姨菜园子里的蔬菜，喜好听赵叔讲鬼故事……这十几年没见了，今天突然回来，乡亲们想得慌，大家就集体过来瞧一瞧了，带着我小时最喜爱的东西，又哪有什么事需要我帮忙的。

我惭愧至极。自以为当了点小官，乡亲们必然会巴结附会，找我办这事办那事。我这才明白，是我想得多了——人家送点东西，不为别的，只是一番心意，只是为了来看看我这个离家十几年的孩子；人家来看看我，不因为别的，只因为他们是我的乡亲，而我，亦曾是他们的乡亲。

活在天与地之间，我们常常对红尘物欲恋恋不忘，丢掉本真，忘记初心，抛却了世间最宝贵的东西。

爱是世间最神奇的良药

家住河南省漯河市的祁健可能做梦也没想到,在死神已经将他的前脚拉进鬼门关时,生命的春天居然会再一次绽放在他的眼前。

彼时,象牙塔中的他正就读大四,还没有来得及勾勒出关于青春、关于未来的幸福美景,不幸就突如其来地降临他的头上。一次普通的身体检查,将"白血病晚期"五个大字赫然刻在了他的身体、他的心灵上。

这种病,无论从治疗难度、生存概率还是所需费用上,都不是他这样一个贫瘠家庭所能负荷的。尽管也有一些好心人慷慨解囊,但杯水车薪。得知父母为了治好他的病,竟不顾身体上街乞讨,他的心,被撕裂开一道长长的伤口。

没有经过多少考虑,不顾众人劝阻,他开始放弃治疗,静待死神的到来。他知道,一切都已经注定,根本就不会有奇迹发生。因为,死神的魔掌,一把一把攫住了他孱弱的身体;命运的利刃,正一刀又一刀割裂他的锦绣年华。

然而,祁健真的做梦也没想到,奇迹竟然真的发生了。一天,一个叫崔英的美籍华人用三万美元拯救了他的生命。他疑惑,崔英和自己非亲非故，为何用这笔对自己来说无异天文数字的钱来救自己？直到他从崔英的口中听到"张海霞"的名字时，一切才拨云见日。

原来，在祁健决定放弃治疗的那段日子，他忽然想到，与其继续用好心人的捐款给自己做无谓的治疗，何不用这些钱做一些有意义的事情呢？他拿出了一些钱，决定去资助那些因为贫苦而失学的儿童。他的第一笔500元的资金，就用在了这个叫张海霞的女孩身上。

初见张海霞，祁健的心灵被彻彻底底地震撼了。这个十二岁女孩，与父亲相依为命，父亲下肢彻底瘫痪，视网膜萎缩几近失明，根本就没有丝毫的劳动能力，本不是她这样的年龄应承担的家庭的重担，就这样重重压在了她身上。

为了贴补家用，海霞从山里往家中运花生。一百多斤重的花生，要想从山上运到山下，恐怕就是成人也有点发怵。可海霞有办法，她随身带着袋子，将花生从山上硬是拖到了家里。她服侍父亲，不叫苦，不叫累；她养猪挣钱，不嫌脏，不嫌烦；她面对困难，不怨恨，不沉沦。在海霞的脸上，谁也看不到一丝阴霾，只有乐观、坚强、自信交织而成的灿烂阳光。

海霞接过祁健的500元钱，兴奋得宛如快乐的小天使。的确，她怎能不高兴呢？毕竟，这500元钱对于因为贫困而即将失学的她是那般重要。这500元钱，又为她那贫瘠得宛如一眼枯井的家庭送去多少滋润心灵的清源！

祁健从海霞家回来后，竟脱胎换骨似的，不再那般悲观、绝望，脸上的笑容和海霞一般灿烂。祁健还说，要好好治病，好好活下去。彼时，谁也没想到，居然是一个十二岁的女孩子打动了他那颗本已绝望的心。

事情本该到此结束——海霞可以重新回到她喜爱的校园，祁健继续在医院里尽最大努力，抱着最大希望挽救自己的生命。可是世事的词典里总是少不了"神奇"这两个字。

有一天，海霞无意中从报纸上得知了祁健的情况，顿时蒙住了。她再怎么也想不到，这个资助自己的大哥哥的境况居然比自己还要严重得多！她费尽周折，找到了祁健所在的医院，把500元钱还给了他，但却遭到了祁健真诚的拒绝。

回到家中的海霞，心情久久难以平静，立即执笔展纸给当地的报社写了一封信："只要有人或者单位肯借给我50万元钱，大学毕业之后，我会用一生挣钱偿还……"

信在报纸上刊登后，虽然引起了很大的关注，但谁都明白，一个十几岁的女孩子的承诺，显得太苍白了。毕竟，谁也无法预知未来。

然而，奇迹还是出现了。美国万通证券总裁崔英女士得知海霞的事情，深受感动，当即决定帮助海霞——借给海霞三万美元，且没有利息，没有还款期限。之所以借，而不是直接捐赠，那是因为崔英认为这才是最有意义的帮助。

有了这三万美元的救命款，加上先前社会上捐助的几万元钱，现在的祁健已经顺利地完成了骨髓移植。而彼时的海霞，也以全校第一名的好成绩考了上初中。他们经常写信交流，畅谈理想，对幸福人生的追求，对美满未来的憧憬……他们早就已经明白，人，要好好活着。

祁健当初绝不会想到，他一个微小的善意，居然会使已经被判了死刑的自己又重新焕发出生命的活力。现在他已经明白，救他的不仅仅是崔英和海霞，还有他自己。

这个世间，不知有多少，那苦难原本令人感到回天无力，但人性的善良，滋生出无边的大爱，炼就了世上最好的良药，将哀痛逐离，将阴霾驱散。

请给他一个成为天使的机会

2008年6月,第6号台风"风神"无情地袭击了菲律宾,造成了大量建筑设施被毁和人员伤亡的重大灾情。就是这场突如其来的风暴,注定了人们心中将永远镌刻这样一个名字——克洛里,菲律宾中部伊洛伊洛省斯卡利小学四年级的一名学生。

斯卡利小学地处伊洛伊洛一个洼地,当洪水涌来的时候,一切令人措手不及。看着泛黄的洪水在奔腾,听着发出如雷声音的洪水在吼叫,老师们立即组织学生向高处转移,争取短时间内找到避难处。

纵使师生转移再快,还是有两名小学二年级的学生被卷入洪水之中。随着人们的惊呼声,大家看到两个孩子在水中时沉时浮,且因为洪水的回旋,被不断地从还未倒塌的墙壁这边冲撞到另一边。

眼看两个孩子的生命岌岌可危,每个人都心急如焚,却又无可奈何。毕竟,谁也不敢在没有安全保障的前提下,贸然下水救人。

就在大家眼含热泪为两个孩子而大声呼喊时,人群中突然一瘸一拐地跑出了一个人影,喊了一声:"我去救他们,这是我唯一成为天使的机会!"这个人影正是斯卡利小学四年级的学生克洛里——一个腿患残疾,平时从不惹人注意的孩子。

在人们的惊呼声中，克洛里从怀中掏出了一个小本子，匆匆交到同学的手里，之后撑着拐杖便向下游飞奔过去，衣服都没脱就一头扎进洪水之中，拼命向两个孩子游去。

克洛里自出生时，就被检查出先天性小儿麻痹症。随后，病情不断恶化，最终致使他的双腿残疾，靠着拐杖生活。克洛里入学以后，很多同学都瞧不起他，讥笑、嘲讽、打击未经约定便齐齐袭向这个可怜的孩子。克洛里的老师们也曾几度阻止同学们对克洛里的嘲讽，但效果并不明显，那些无知的孩子还是一如既往地对待克洛里。

鉴于克洛里的身体状况，老师决定：简单的擦玻璃不让他做，操场上的游戏不让他参加……总之，一切活动，都与克洛里无缘。

一次，在课堂上，老师讲了一个故事：能够对人、对集体多做贡献的孩子，都是上天派来到凡间的小天使。

克洛里马上站了起来，低声道："老师，我也可以做很多事，我也要变成天使！"

老师制止了其他同学的讥笑，柔声对他说："亲爱的克洛里，你的腿部有残障，不可以做事的！要想成为天使，等以后再说吧。"

其实，在所有人的心目中，克洛里都仅仅是一只花瓶而已。因为腿障，谁也不会让他去参加任何一种活动，哪怕再简单，再轻松。

从那时起，克洛里再也不提要成为天使的事了，整天就独自在无人的角落里踯躅，不和任何人沟通。渐渐地，克洛里成了一个很不合群的人，像一只受了伤的蜗牛，把自己紧紧龟缩在壳里。克洛里唯一的课外活动，就是默默地在日记本上写着只有他自己知道的东西。

此时此刻，克洛里的表现却出乎所有人的意料。谁也没想到，这个有残障的孩子竟会冲进洪水里。要知道，如此凶猛的洪水，即使是身强力壮的人，只怕也有死无生！

果然，结果在人们的意料之中。克洛里的义举并没有改变事实，两个入水的孩子再也没有上来，而克洛里，亦让人悲痛扼腕，白白丢掉了一条命。

事后，人们在克洛里的遗物日记本里发现，出现频率最高的是这样一句话："我要成为能够对大家有所贡献的小天使！"

人们猛然醒悟：原来，克洛里明知下水救人有去无回，但还宁愿抛弃自己的生命，那是因为，他一直想和其他正常小朋友一样，成为一个受人欢迎的小天使。

伊洛伊洛的一个高级官员闻听此事后，不无悲伤地说："本来，斯卡利小学在这次灾害中损失的应该是两个生命，现在却凭空多添了一条鲜活的生命，这不得不让我们震惊和反思。我们必须认识到，很多生命的逝去，除了因为不可抗拒的生老病死、凶杀、自然灾害等外因之外，不可否认的是，还有很多是由于我们的冷漠和忽略而造成的。"

洪水退去后，斯卡利小学还是和以前一样，阳光静静地洒落在每一个角落里。唯一的变化是，政府在校园最显眼处立了一座巨大的纪念塔，碑文只有寥寥几个字：请给他一个成为天使的机会！

奥斯维辛的金色阳光

1943年，26岁的苏茉尔被关进了那个被誉为"死亡工厂"的罪恶之地——奥斯维辛集中营。

如果说要从极大的不幸之中找出一丝幸运的话，苏茉尔没有被关进被称为"灭绝营"的2号集中营，而是和很多女人一样，被关进了3号集中营。那里，除了和她一样的女人之外，还有很多很多花朵一样年华的孩子们。

苏茉尔所在的监号是702室，她喜欢在阳光静好的日子里，透过窗户看外面的树木，还有花草，她总对孩子们说："终有一日，我们会享受到阳光的照耀，我们也会像那些花草一样，自由自在地呼吸，惬意地生长。"她还经常对孩子们打趣说："善良的天使会经过这里。"

和很多人一样，苏茉尔经常遭受非人的身体折磨，每一次被叫出去，总是遍体鳞伤地被抬回来。但令人感到奇怪的是，苏茉尔每次受伤回来，脸上都始终不显现出一丝痛苦。她告诉孩子们，她不疼，她不痛！苏茉尔和其他女狱友不一样，她从来没有怨恨过这个集中营的魔鬼们。相反，苏茉尔常提及生活的种种美好，关于未来的美丽遐想。

随着时间的流逝，702室里的女狱友们在法西斯魔鬼的魔掌下，一个又一个离开了人世。面对那些幼小孩子们的疑问，苏茉尔总是笑着告诉他们，那些离开的阿姨们，只是被上帝召唤去了一个美丽的地方，只需要过一段时间，她们便会回来，且会带给他们精美的礼物。

在苏茉尔的带动下，702室以前经常咒骂和愤恨法西斯的女狱友们也有了改变：她们只讲集中营外的花草在风中起舞，鸟儿在枝头歌唱，小河在山川间欢快地低吟。她们还和苏茉尔一样，每一次遭受折磨，脸上都不会再有痛苦，取而代之的是美丽的笑容。她们的言语间，再也没见咒骂和怨恨，关乎的全都是对未来、对生活的全新诠释和美丽想象。

1945年1月27日，苏联红军解放奥斯维辛集中营，救出7650名幸存者，其中有130名儿童。苏茉尔也是幸存者之一。

2010年3月，时年94岁的法国人苏茉尔逝世，有人发现了一个已经泛黄了的笔记本，上面记载着当时702室幸存下来的孩童的名单，总共11名。而更难能可贵的是，苏茉尔居然还搜集到了这11名幸存儿童后来的资料——他们，都找到了很好的工作，且一直都在好好地生活。

日记最后一页，有这样一段话：

我的身体，每一根神经，每一粒细胞，都因为那些魔鬼的摧残而疼痛异常。但我不想让那些稚嫩的小天使们，因为我的疼痛而感到恐惧。我想咒骂那些魔鬼，但我又不想让那些稚嫩的心灵，从小就被怨恨的氛围湮没，不想他们以后的生活中和回忆里，总是填满了灰色的愤恨。我只想让那个魔鬼般的奥斯维辛，少一些阴霾，多一些金灿灿的阳光，温暖每一个小天使。

奇　迹

若说生命有奇迹，不妨先来了解一下下面几种病症：

神经质溶解症。发病率为十万分之一，患者的机体功能在患病前期就会慢慢丧失，首先机体感觉开始慢慢消失，接着肌肉、骨骼功能减退，直到身体内里器官机能完全消失，从而死亡，治愈率仅为万分之一。

先天性感觉神经障碍症。发病率为四万分之一，皮肤的排毒、呼吸、感觉功能会完全丧失。如果倾尽所有，治愈的可能性也只有千分之三。

脊索瘤。发病率在万分之一左右，患者后期会浑身疼痛，进食都异常困难，最多以面水维持体能。若是发于脑部，情况严重者，甚至难以手术。治愈率不超过千分之一。

以上几种病，任是谁患上其中一种，如果没有奇迹发生，都几乎是被宣判了死刑。可今天我们要说的是，英国一个不幸却又万分幸运的人。他叫斯坦格尔，他同时患上了以上几种疾病。然而死神并没有将他召唤去，奇迹居然真的发生：他活了下来，一直活到今天。

三年前，斯坦格尔在英国伦敦格林尼治医院被诊断出患有神经质溶解症。那一刻，斯坦格尔只觉得天瞬间崩塌了。在家人的慰藉和支持下，他才下定决心和病魔抗争到底。

然而，不幸却接踵而来。斯坦格尔万万没想到，在接下来的几个月内，其他几种疾病齐齐找上了他。就连很多医生也没想到，这些极为罕见的病症居然会找上同一个人。医学界称这是一个"奇迹"，只不过，这是一个不幸的奇迹。

斯坦格尔战胜病魔的信心没了：如此的"奇迹"，他又如何坚持得下去？如此渺茫的概率，他又如何让希望之火在心中燃烧？黑暗、灰心、妥协、堕落等情绪齐齐袭击了他的心神。他拒绝进食、进水，甚至数次自杀。无奈，家人一边提供最好的医疗条件，一边给予他不断的鼓励，并且日夜地轮流看护在他身旁，尽管，他们也知道这一切都是徒劳。

然而两个月后，奇怪的事情突然发生了。

斯坦格尔一夜之间好像变了一个人，不再颓废、灰心，反而每天都神采奕奕，积极乐观。他还请人在网上找到了几种病症的资料，寻求一切治愈的途径，积极配合医院的治疗。甚至，他还要求读报看新闻，听家人讲笑话，和病友聊爬山……家人都以为斯坦格尔知道时日无多，反而看透了一切。直到有一天，他们看到斯坦格尔在病床上握紧拳头，目光里满是坚毅，说："我要活着，一定要活着，也一定可以活着！"那时，家人才发现，斯坦格尔对生命仍然充满热爱和信心！

接下来的事情不能称奇怪，只能谓之"奇迹"。

早被医生判定活不过十个月的斯坦格尔，在经历了精心的治疗后，顺利闯过了死亡这道关。并且，在接下来的十一个月里，斯坦格尔可以在家人的搀扶下去户外走走，甚至可以为草坪上的鸽子喂食，可以和戏耍中的顽童一起抢皮球。更为令人震惊的是，后来经过医院的全方位检测，斯坦格尔的病症呈减轻状，病变细胞越来越少……斯坦格尔大喜过望，信心更足。

　　2010年3月，斯坦格尔在检查中惊喜地发现，他的各项体能指标全部向良性发展，并大有痊愈之势。医生甚至肯定地说，死神肯定不再喜欢斯坦格尔了。

　　"生命的奇迹——最牛的患病者斯坦格尔"，这是很多媒体报道时用的标题。对于他的病情发展情况，医学界也实在给不出任何答案。因为，这三种疾病，任何一种都有可能夺命，而他，居然身患三种却安然无恙。这个秘密，谁也研究不出结果。他们只知道，奇迹发生了，发生在了斯坦格尔的身上。

　　秘密，谁也不知道。但媒体对一件事情有了兴趣：当初颓废、灰心、放弃，甚至屡次自杀的斯坦格尔，到底是什么事情让他的内心突然之间重新燃起生命之火？

　　斯坦格尔说其实也没什么事发生，只是他无意间了解到一个常识，就是以上病症的发病率和治愈率的数字对比。

　　"发病率仅为十万分之一，而治愈率虽然小，却在万分之一、千分之三、千分之一……"斯坦格尔笑着说，"发病率如此小的几种病都奇迹般找到我，治愈率相比起来那么高，难道生的奇迹就不能也找到我？我当时就是这么想的……"斯坦格尔耸了耸肩膀，笑了起来。

　　确实，斯坦格尔怎能不笑呢？谁也不能断定斯坦格尔的症状好转完全是乐观、积极的功劳，但不可否认的一点是：当生命与死神相逢，以发病率和治愈率相对比，用乐观为参照物，说不定生命之花会重新绽放；当人生和挫折相遇，以希望为参照物，说不定理想之灯会重新亮起。

　　你的奇迹呢？

数字背后的灵魂

　　12.5%和45%，这一组数字的背后，有着什么样的故事，存在着什么样的秘密？这个问题，曾是1917年在英国军队中一个极为难解的谜题。那一年，是第一次世界大战结束的前一年，正是同盟国和协约国之间的战争白热化的时候。

　　1914年8月4日，英国正式对德宣战。几个月后，英国温莎小镇的一所学校人声鼎沸，五千余名毕业生戎装待发，即将开赴"第一次世界大战"阵地。这个位于温莎小镇的学校，就是英国最为著名的贵族学校——伊顿公学。

　　那一天，校长并没有做什么慷慨激昂的长篇大论式的动员，只是将目光静静扫过这些稚气未脱的学生的面庞，淡然却不失坚定地说："去吧，去吧，请别忘记，你们浴血厮杀在战场，无论生与死，灵魂都在伊顿的校园里飞扬。"学生们在聆听完校长的最后一句话时，明显地发现校长坚强的眼神背后，也泪光泛滥。

　　1914年11月，伊顿公学的五千余名学生正式踏上战场，进行了长达四年的艰苦卓绝的反法西斯战争。这几年战争中，伊顿公学果真无愧于"英国最著名的贵族学校"这个称号，每一个学生在每一场战役中都发出了耀眼的光芒。

不过，在1917年，战争进行到第四年的时候，英国军队无意中发现了一组奇怪的数字。当时，英国有大约六百万成年男子奔赴战场，他们的阵亡率在12.5%左右，而伊顿公学参战的贵族子弟的死亡率却高达45%。这是一组异常奇怪的数字。因为，伊顿公学是英国最著名的贵族学校，其就读的学生也都贵族子弟。而按照当时的常理，伊顿公学毕业的贵族子弟大多都担任军官职务，为什么死亡率却反而远远高于普通士兵呢？12.5%和45%之间，落差太大，不得不让人奇怪。

英国军队当时忙于对德战争，虽然感觉到这组数字的背后一定大有因由，但并没时间对这组奇怪的数据进行研究和分析。直到1919年，战争结束的第二年，才有人重提此事。英国政府抽调了一定的人力，翻开崭新的战后档案查阅，但无论怎么查，仅能查到当时的贵族子弟军官参与的战役名称、阵亡时间、阵亡过程。调查人员甚至，对每一场战役的过程分析、火力对比、战情比较都进行了研究，但从翻阅到的文字材料上看，还是根本就不能得出任何可以让人信服的结论。

最后，他们找到了伊顿公学的校长。校长听闻他们的来意，摆了摆手说，根本不需要查阅任何资料，太麻烦了。因为原因很简单——在战争中，伊顿的毕业生始终都是冲锋在前，撤退在后，阵亡率自然会远远高于普通士兵。之所以能做到这样，是因为在伊顿学生的灵魂里，责任和荣誉远远重于生命。这种解释，后来也得到了很多担任军官的伊顿毕业生的手下士兵的佐证。

伊顿公学校长说，伊顿公学的校训里有一条：每个学生都要成为一株向日葵，向阳而开。而对于他们来说，所面对的"阳"就是随处携带在心的荣誉感和责任感。

时至今日,世界各大名校进行学术交流的时候,如果有人问起,伊顿公学每年250名左右的毕业生中,至少有70名能进入牛津、剑桥等世界一流名校的秘诀,负责人往往不会做太多解答,只将这个将近百年前的故事重新描述一遍。

超越求生欲的责任感和荣誉感,就是这所先后造就过二十位英国首相,培养出诗人雪莱、经济学家凯恩斯,被称为英国王室、政界、经济界精英的培训之地的伊顿公学的灵魂所在。

有些灵魂不该被忘记

1852年,拉蒙·伊·卡哈尔出生于西班牙北方比利牛斯山区的佩蒂利亚小镇。

1873年,拉蒙·伊·卡哈尔毕业于萨拉戈萨大学医学院,并于两年后在萨拉戈萨医学院任助教,从事人体解剖和组织学方面的工作。35岁那年,他又开始深入研究神经解剖学,并将其当作自己一生的事业。

拉蒙·伊·卡哈尔的一生,发表了200多篇著名的科学论文,并出版了《组织学手册》《人类和脊椎动物神经系统的结构》《神经系统变性和再生的研究》等神经解剖学的经典著作,为世界医学特别是解剖学做出了巨大的贡献。

1906年,属于拉蒙·伊·卡哈尔的时代到来。因为拉蒙在神经解剖学方面的突出贡献,他与意大利生物学家C.高尔基同获诺贝尔医学奖。

随着拉蒙的名气越来越大,关注他的人和社会机构也越来越多。渐渐地,人们发现了一件很奇怪的事情:在卡哈尔一生发表的200多篇科学论文中,有80多篇都存在一个令人不解的现象,论文的作者署名上,统一在他的名字拉蒙·伊·卡哈尔后面加了一个"等"字。难道,这些论文并非卡哈尔一个人完成,其中也有别人的参与?那么,有什么其他的原因,不能具体署上这些作者的姓名吗?要不然,卡哈尔怎么会在自己的作者署名后面加上一个"等"字?

面对公众的质疑,拉蒙·伊·卡哈尔淡然向媒体解释。

他的200多篇科学论文中,有80多篇是在他的学术基础上,凭借临床解剖得出的经验的辅助下才完成的。因此,他始终坚定地认为,这80多篇论文的完成,绝对不能忘却那些被解剖了的尸体的功劳,他们也曾经是生命。是生命,就必须尊重。他不能忘记那些被推上了实验台的尸体,世界也不能忘记他们。

拉蒙·伊·卡哈尔补充了一句:"我在从事解剖学以来,从来都时刻提醒自己,无论是学术研究,还是发表论文,作者都还有另外一个名字——尊重。"

无论出于对生命的尊重,还是出于对伦理道德的尊重,有些灵魂都不该被忘记!

送她一把保护伞

一个同事身在曹营心在汉,始终觉得,稳定的工作虽然旱涝保收,但在他人屋檐之下,永无出头之日。最重要的是,做着这样貌似稳定的工作,生活始终波澜不惊,对不起"人生"二字。因此,他成了第一个辞掉工作下海经商的人。

他于第二年的开春,办了一家规模适中的精细手工活制造厂,专门生产一些手工玩具、家居制品,小生意搞得有模有样,风生水起。生意旺了八九个月,到冬天的时候,朋友却发现了一些异常。

很奇怪,原本质量颇被客户称赞的产品,在冬天似乎也遭遇了寒流,很多客户反映,产品在精细化程度上远远不如以前,甚至极个别产品制作工艺很粗糙。一时之间,朋友接到了若干客户的产品退订。朋友颇为奇怪,自己的厂子一向很稳定——因为劳动量不太大,活也不重,最重要的是,自己发给工人的薪水也还算不错,因此,工人很少有流失的。也就是说,人还是那批人,手艺也还是那个手艺,为什么此时的产品却会出现质量上的问题呢?

朋友是个向来心思缜密的人,他用了两天的时间在厂子里观察,终于发现了症结所在：厂子地处北方，寒冬季节温度下降甚多，尤其寒冷，所以，工人们都戴着手套工作，手指自然远远不如平时灵活轻便，产品质量出现瑕疵也就是情理之中的事情了。

发现了症结所在，问题就好解决了。朋友做出了"工作期间，严禁戴手套作业"的规定。满以为会解决问题，可事实是根本无济于事。因为，天气太过寒冷，工人们根本就不理他这一套，特别是女工，身体单薄，进入厂里后，更是不习惯把手套拿下来。朋友再怎么督促也没用，毕竟，他和几个管理人员从精力上根本就不能一一监管过来。

想在厂子里设置若干火炉，但消防上不允许。于是，有人建议他买十几台大功率空调。可朋友有些犹豫，十几台大功率空调最起码六七万，每天的电费也是一笔不小的支出。少买几台吧，如果温度高得不足，工人怕是又会偷偷戴上手套。想来想去，为了保证产品质量和工厂声誉，朋友还是决定痛下血本购买空调。

正当朋友准备去商场时，他的妻子却阻止了他。妻子说，空调买几台就行，没必要那么多，多买点护手霜就行。朋友奇怪，护手霜涂抹在手上，也起不到调节温度的作用，工人依然感觉到手冷，这有什么用？妻子笑着附在他耳朵旁轻语一阵，朋友顿时释然。

两天后，每个工人都拿到了一瓶护手霜，被要求上班时必须涂抹在手上。车间里，经常看到几个女性管理人员还有朋友的妻子来回穿梭，一边检查工作，一边时不时地赞美某人的手涂了护手霜之后，真的很香，人看着都显得更有精神了。这种赞美声，持续了好几天。再往后，几乎所有的女工都很不习惯再戴手套了。原因很简单，戴上手套，香味怎能散发出来？

朋友跟我讲起这事，我暗暗称赞他妻子的睿智：能将女人爱美之心运用到如此地步,不可谓不聪明。朋友妻子看我如此称赞她,先是一笑,继而面容一整,说:"借用人生来就有的爱美之心,让她们主动摘下手套,这只是其一。最重要的是其二,企业管理中,硬性的规定永远都不如自发的行为。一瓶护手霜很小,但却是一把极大的保护伞,你对她们好了,她们自然也就乐意听从管理。因为企业管理,除了制度,更需要温情和关怀。"

那些不务正业的青春

马晓晴说她正学习急救护理时，我们都呆住了。谁都觉得，这个新来的马晓晴真是个不谙世事的愣头青，更是一个不懂职场规矩的新手。甚至我们以为，她最多把这一年的合同期干完，就会被老板炒鱿鱼。因为，不注重本职工作而整天学这个学那个，实是职场大忌。

马晓晴做的是文职工作，刚上班不到一个月，便偷偷地在宿舍拉起二胡。她还说，二胡声声，是天上皎洁的月光幻化在人间的清辉。为此，马晓晴花了两千多块报名了二胡声乐，整天咿咿呀呀地拉个不停。时隔不到一月，她又在健身会所办了张年卡，学习了瑜伽。私下里，有姐妹善意地提醒过马晓晴，说她刚毕业上班，心思不全放在工作上，怎么净整这些没用的？

马晓晴这个愣头青突然嘻嘻笑了起来，说，她毕业前就有很多爱好呀。她说这话的时候，脸上的笑容像是一面胜利的旗帜，骄傲但不嚣张，张扬但不猖狂。马晓晴掰着手指头跟我们说，其实书法、钢琴、绘画、骑马、高尔夫等，她在大学时，都曾涉猎。大家听她如数家珍地说起这些，都倒吸了一口凉气，问她哪来的这么多时间。马晓晴狡黠地眨了眨大眼晴："青春时代，不务正业嘛！"

我们在敬佩马晓晴的同时，既有不解，也更有替她担心。因为像她这样高调地一会儿扑在工作上，一会儿钻在兴趣爱好上，又有哪一个上司会高兴呢？毕竟，哪个公司都希望职员全心全意地为它干活。万幸的是，马晓晴好像是天生的幸运星，经理好像并没有对她流露出不满。

也许，是马晓晴的文笔太好的缘故吧，写的材料至今还没被挑出啥毛病——我们私下里认为，除此，便再也找不到其他好的理由了。

直到马晓晴开始学习急救护理时，我们才一本正经地告诉她，不能再如此下去。马晓晴还是眨动眨动眼睛，同样正儿八经地说，多学点，难道是坏事吗？她这样反问，我们一时间也找不到好的理由反驳她，只得噤声。而她，依然是乐呵呵地干净地笑着。

公司和友好单位联合举办年会，要求所有人各尽其能，上精品节目。这下，我们慌神了，整个处于兵荒马乱的状态。幸好马晓晴懂舞蹈，帮我们排了个节目，而且还得了个二等奖。但更让我们对马晓晴刮目相看的是，她一个人的二胡独奏《二泉映月》，幽怨得让所有人都拼命地擦眼泪，姐妹们更是哭得稀里哗啦。

世间事，往往就巧合。公司的张总出去洽谈业务，闲暇时对方亮了一手好书法，并且将作品送与了张总，且让张总也露一手。张总虽然是个文化人，但在书法上却是个外行，正当他骑虎难下时，随他出行的马晓晴笑语嫣然地表示，说她的书法就是跟张总学的，不妨让她这个虾兵蟹将代劳吧。结果，龙飞凤舞罢，硕大的宣纸上，一阕《满江红》横空出世。小女子之身，下笔却是豪气，让所有人刮目相看。而张总，也是长足了面子。

最令我们没想到的是，马晓晴在上班时，途中遇到一个中毒昏迷的掏粪工人，她立马熟练地为他做起了心肺复苏，成功将生命从死神手中夺回。工人送来锦旗的那天,马晓晴的笑容,依旧那么灿烂静好,美得让我们心都发抖。

我们这才明白:是呀,整天正襟危坐、有板有眼的日子,也根本谈不上叫青春。细细想来,只有马晓晴这种兵荒马乱、不务正业的青春,才叫青春呀!这种日子,恬淡又充实,不管年华喧嚣,我自静默地守着自己的爱好,默默耕耘。哪怕是一只燕子掠过眼前,一阵风雷从耳旁经过,兀自眉眼不抬,风轻云淡!

不　好

四姨去世前，睁着老大一双眼睛，瞪着自己的几个子女，喉咙里咕噜咕噜地响个不停，像是要迸发出所有的力量，说几句最后想说的话，但都无果。

儿女们知道，她定然是有什么心事放不下，便告诉她，如果他们猜到了她想说的话，她就连续眨眨眼睛。结果，大家你猜过来我猜过去，还是没猜中四姨的心事。四姨的胸脯在急剧起伏，喉咙里的响声也更大，嘴巴在不停张合，大姨哥把耳朵附过去，才听得了四姨用尽一生力量才说出的一两句话。大姨哥把四姨的话转告给大家，短短一两句，就将所有人的眼泪逼得稀里哗啦落下。

四姨临死前对大姨哥说："害你们花了那么多钱，对不起，都是我的不好！"

同学聚会上，老校长真的老了。头发被岁月染得让雪都无颜抬头，牙齿也都脱落光了。特别是神情，早已没了当初的睿智，取而代之的是木然、呆滞。

我们轮流上去，争着去握他那双长满了老人斑的手，而他亦紧紧握住我们的手,生怕一个不小心就把我们给放飞了。他对我们实在太好,以致我们紧紧握着他的手时,又何尝想放手?

我们笑着让老校长回忆回忆,说说当年他对我们的好,看还能记得哪些。

老校长脸上的神情依然呆滞,突然眼神一亮:"对不起,我那时太粗暴,打过人!"

他对我们的好,他毫无印象;他打过我们,却始终因为有愧而记得。

那一天,我们几个大男人抱成一团,哭得不成样子。

数年前,我和妻简单的结婚典礼上,母亲被主持人喊到台上,主持人让她说几句关于这么多年来对我如何如何抚养的话语。母亲第一次见着这种阵仗,想了半天方才张口,对着话筒竟语无伦次,慌慌张张地说:"没把孩子带好,没给孩子们弄个风光浓重的婚礼,这都是我的不好。在这里,当着大家伙的面,我郑重地向儿子儿媳道歉了!"

母亲说完,我和妻子便哭成了一团。而底下的宾客,也各自在偷偷抹眼泪。

我在圣经里看过这样一句话:他人对你好,是他人的好。他人不记得对你的好,是因了他人对你的爱。我万分承认这句话。这个世间,总是少不了这样一种人:红尘滚滚,世事轮回,他或她,始终不将对你的好惦记于心上,而总是因了一份爱,只觉得对你的付出、对你的爱还不够,并为此自责。他们,总觉得自己做得还不好。

请你拍下我的尊严

桃花节上,一个八九岁的小女孩,在涂脂抹粉的桃花间来回穿梭,穿花蝴蝶一般,吸引了所有人的目光。

她穿了一身碎花格子小短裙,搭配着紫褐色的小短裤,梳着羊角辫的模样,让我想起了小时候的我。她有时围着一棵桃树转圈儿,眨巴眨巴着一双幽邃明亮的大眼睛,不时咯咯笑出声来;有时累了,便会歇息一下,在地上打几个滚,嗅几朵花的芳香。我凝望她好久,不觉间都看痴了。

我拿出单反相机,将它递给同行的朋友,告诉他我想去和那小女孩合张影。朋友心领神会,颔首微笑接过相机。

我缓步走向小女孩,并努力让自己脸上的笑容绽放得更亲切一些。我觉得,面对眼前这样一个可爱的小天使,任何细节上的粗枝大叶都可能让她拒绝我。当我把小小的要求郑重地告诉她时,她很爽朗地点了点头。在照相机发出的咔嚓声中,美好在一瞬间定格。

谢过小女孩,我在转身间,目光再度被一个人吸引住。她是一个五十岁左右的妇人,面前摆着一个小摊,卖些梨呀枣呀一类的东西。她那被风霜刷白了的头发间,还抖落着几根枯草,一张脸上,满满的都是被岁月的犁铧耕耘过的沟壑，浑身上下都氤氲着沧桑。她身前的地摊，还有身后一树一树粉白的桃花，让身为摄影协会会员的我陡然觉得，如果将这情景拍下来，定然是极具生活气息和意境的一幅浑然天成的画。我更觉得，将美好与生活的艰辛融合在一起，这才是真正的人生真谛，也是生活的箴言。

我走近她的身旁，似有似无地搂住她的肩膀——说真的，她的臂膀上的污垢和尘土，真的让我无法做到亲密接触。但就在我的朋友还没举起相机时，她倏然推开了我。

老妇人问我："你和那小女孩拍照，事先征求她的意见，为何和我拍照，就连问都没问呢？"

我突然羞愧至极——我的内心是如何小。我以为，跟她这样一个到处流动摆摊的社会底层的人拍照，她必然也是很乐意的，我疏忽了一点：活在天与地之间的芸芸众生，无论职业的暂时的高贵与卑微，无论生来地位的荣宠和低下，都是有尊严的。而我，却因为她表面的形象，自己内心的粗浅，就这么轻易地忽略了一个人的尊严。

猛然醒悟过来，我红着脸跟她说："大姐，我想和您合个影，好吗？"

"好嘞！"大姐脆生生答一句，没有任何拖泥带水。

那一天，我知道我拍的不仅是照片，还有尊严。

尘世里的莲

圈子里一个码字很牛的文友,几乎每天都有新文章发表于报刊,且是国内几家主流杂志的签约作者。看到他的博客上,每天都有新发表的文章在更新,真是羡煞了众多写作爱好者。更重要的是,他已年至花甲,却仍然笔耕不辍,这着实让我们这些比他年轻许多的人惭愧不已。

上个月应邀到小城里相聚,席间有人突然问及他,怎么最近一个月,博客里很少贴上新的文章?他笑笑,说是因为没写的缘故。大家也都笑笑,说他一定是最近忙于其他事了。他一本正经地回答,自己两三年前就退休了,每天除了养养花逗逗鸟,带带小孙女,其他啥事都没有。

我也奇怪了,便追问了一句:"那为啥没写?"

他哈哈笑了起来,爽朗干脆道:"这个月没灵感,写不出来了呗!"说完他还告诉我们,最近真的是遇到了写作瓶颈期,胸中啥素材都没有,绞尽脑汁也写不来东西。

我突然很感动——圈子里的人,很多人都把写字上的桎梏,归结为平时工作的繁忙、琐事的缠身,为自己的懒散和颓废而找出各种理由。当然,每个人确实都有忙碌的时候,但真的忙到写点文字的时间都没有了吗？而他，作为一个在写作上很有成就的老者，却能实话实说，丝毫不觉得没面子。这人做得真的是到了不假的地步，如莲般干净透彻，不带泥垢。

想起一个同事，平时也极爱阅读，两个月前接触了我们文学爱好者的QQ群，也决定牛刀小试，未曾想一个月内居然也发了一篇小文在市报上。收到稿费单的时候，他用手机拍了下来，逢人就给人看，见着谁在线就传过去给对方欣赏。我在屏幕前，都能感觉到他满是热情和激动的脸庞，都仿佛能看到他脸上洋溢着的宛如孩子的笑容。

他说他把稿费单晒给许多人看时，我没像别人想的那样，说他没见过世面，发表一篇豆腐块就到处显摆。相反，我是心里陡然一暖，像是有春风拂过坚冰。我只觉得，兴奋就是兴奋，像是新生儿的心灵，不懂得压制，不懂得虚伪，干净透明！

诸如写作成就很高的老者，那些道"他这么有成就的作者，怎么敢承认写不出来"的人，诸如初发表文章的同事，那些说"他没见过世面，到处显摆"的人，他们之所以那样想，其实正是因为，我们活在这个尘世间，心灵上添了太多负担，思想上有了太多患得患失，甚至是面子上多了些虚荣心，这让我们忘却了来到红尘的初衷——干净地来，就应该干净地生，干净地活。

喧闹的天地里，就应该多点诸如老作家、同事那样如莲的人。因为，我们缺少的绝对不仅仅是物质，更多的是心灵上的本真。

一个不虚伪、不做作、不矫情的世界，多好！想一想，就觉得美！

你拥美景，他有风光

我对女儿说，今年的狮子座流星雨非常好看。她问我，哪里好看。我用了好几个比喻，将流星雨精心比拟一番，还告诉她，因为地域和天气的缘故，我们这里已经好几年没得到流星雨的青睐了。她从没看过流星雨，听我一说，一双大眼睛也不禁充满好奇和企盼，嚷着说让流星雨快点到来。

上个月的一天，夜里十一点多的时候，流星雨如期来了。天幕上突然划过几道灿烂的烟火，我便惊叫："流星雨来了！"

女儿正要跑出来，突然不知道从哪里跑出一只小花猫，蹿到了沙发上，还拨弄起毛线球。女儿立即被它吸引了过去，转身便和它嬉戏起来。

流星雨很快逝去，我责备女儿，数年难得一见的天文奇观，都等了好几天，为何临阵却被一只猫吸引了？女儿回答得很简单，说她喜欢小猫咪。

我差点无语，一只小猫咪怎么能和流星雨相比呢？流星雨多漂亮呀！

"可是，我觉得小猫咪更漂亮呀！"女儿突然板起了面孔，一脸郑重地告诉我。

我本觉得女儿有点不讲道理，但透过她的瞳仁，我看到的是无比的郑重、认真，丝毫没有任何戏谑的成分。细想来，在我眼中，流星雨是难得一见的美景，可在女儿眼里，一只俏皮可爱小猫咪的突然出现，又何尝不是她心目中的流星雨呢？

忽然，便想起了老母亲。每年，一家人出去旅游的时候，母亲总是婉言拒绝，说外面的山水再美，她老胳膊老腿的也不想去奔波。我们一开始也告诉她，四川的九寨沟是仙境，安徽的黄山是仙居，江西的婺源是天堂……但她很淡然，每次都说，不如她在家侍弄侍弄屋前的菜园子，屋后的小花地。她说，那些葱呀蒜呀，长得是多么年轻；那些花儿草儿的，生得是多么调皮可爱。她还说，她和花草之间，也有约定，也有风景。

我喜欢和女儿在小区的公园里晨练、嬉戏，而母亲，总是在静静地坐在一旁，笑嘻嘻地看着我们玩耍。她看我们每一个笨拙的动作，眼神都是那么开心；她看我们在草地上的每一次翻滚，眸子里都充满爱怜。而我和女儿每次喊她一起加入，她都是摆手告诉我们，看着我们玩，就是她最想要的风景，然后，便一如先前，静静地坐，静静地看。

母亲那句话是没错的，我们有自己心目中的美景，可她老人家心中，因了一份爱，也有属于她自己的风光。

这个世间，我们总是常常喜欢把自己的思想，强加于别人，认为自己喜欢的，别人也应喜欢，而自己厌烦的，别人也理当厌烦，却忘记了，你坐拥你眼前的美景，而在别人心里，也有属于他们自己的另一番风光。

我想看到你的笑

上个月,市里组织我们一行人到云南山区采风。在一个叫月楼村的地方,我们驻足了好久。

月楼村是当地最为贫穷的村庄,特别是当我们看到月楼小学那支离破碎的建筑物,心里更是莫名地疼痛。那些是怎样的孩子啊!本该白皙稚嫩的面庞,却过早地布满了尘土,且泛着菜叶黄般的颜色。身上没有五颜六色的花衣裳,衣着甚至有些褴褛,虽然还算干净,但还是让我们很是心酸。

领队按照我们大家的想法,向校长表露了我们想捐点款物给孩子们的愿望。校长很是高兴,跟我们说,其实每年经过这里的人,多多少少也都有捐助这些孩子的。校长带我们到校长室,拿出了一些照片,上面是孩子们和捐助者的合影。

我们捐助,按照学校的惯例,也举行了一个小小的简单的捐助仪式。一行十六个人,总共捐了三千多元钱,还有几箱方便面、饼干和矿泉水。校长代表孩子们说了些对我们表示感谢的话。仪式结束后便是邀请我们和孩子照几张照片,当然,照片由我们的相机拍,将来印刷出来后,我们再快递寄到这个地方来。

　　拍照的时候，我们都发现了一个奇怪的共同点——这些花朵儿，和我们一起合影的时候，没有一朵脸上绽放出笑容。我们重拍，叫他们笑笑，可是这些孩子硬是不笑，极个别的孩子使劲挤出了一丝笑容，也是笑得颇为尴尬。

　　我用了一番语言，又循循善诱了一番，仍然无济于事。我问他们为什么不笑，一个小女孩怯生生地跟我说，她不敢笑。

　　我奇怪，为什么不敢？

　　小女孩告诉我，校长说过，这里穷，拍照时就应该一脸悲苦，才能勾起经过的路人的怜悯，一脸都是绽放的笑容，怎能显示出贫穷刻画出来的悲情？

　　我的心里猛地一阵刺痛，慈善和同情是发自内心，怎能与外表的悲苦抑或快乐联系起来？我撒了一个谎，说校长出去了，大家笑一笑，等会儿再给他们好吃的。当然，虽然是谎言，但也只是一半谎言——好吃的，我们当然是会准备给他们的。

　　他们笑了，终于笑了。真的，这是我所见过的最灿烂的笑容。我一直觉得，我所拍的照片中，这群孩子久违了的笑容才是最惊艳的风景。

　　孩子，我想看到你的笑。不光是我，未来你们的人生道路还很长，亲人也好，友人也罢，你生命途中的每一个人，都乐意看到你们不去遮掩的发自内心的笑容，在脸上如花绽放，温婉明媚！

第二辑

　　这个世界上，还有很多他这般的人，因为生活的窘困和艰难，会为蝇头小利而披上斤斤计较的外衣，但同时，他们貌似计较的外衣里面，内心的深处，善良却也一直在熠熠生辉。

藏在衣服里面的善良

家里新房刚装修,堆放在屋子里的装修垃圾,看着就惹人心烦。我去桥头的劳力市场,准备找人把垃圾清扫下楼。

刚到,还未等我说话,一大帮人就倏地围了上来,争着抢着问我是不是要找人干活。我知道,他们是城市里百万人口中的一员,宛如浩瀚海洋中的一滴水珠,渺小得一点都不起眼。

最终,我找了两个人,一个是脸上稍带稚气的小伙子,另一个是看起来朴实憨厚的中年男人。谈好了五十元的价格后,两个人就四下里忙活了起来。他们无愧是专业人员,只用了一个小时不到,就将那些脏乱的垃圾清扫完毕,并且装收入袋桶。特别是那个中年人,明显是在劳力市场时间久,经验和方法足,干起活来比小伙子麻利多了。临结束时,中年人还顺带着把我家地板也擦了擦。

我按事先谈好的价格,给了他们每人二十五元。拿过钱,中年人明显不满,说明显他干的活多,而且还帮我擦了地板,应该给他三十,那个小伙子应该拿二十。我没多说什么,没让小伙子少拿五元,又掏了五元给了那个中年人,他才心满意足。

一个月后，新房正式装修完毕，需要从里到外地擦拭一遍。我又到了劳力市场，结果那个中年人一眼就认出了我。说实话，我挺佩服他的眼力。尽管他上次的表现让我有些许不屑，但最终在两个人间，还是有了他，毕竟，他干活的质量确实高。另外一个是位中年妇女。

但我没想到的是，到了我家看了一圈后，他竟然说不想干了。我知道，他是嫌活少，一人才分十元，不想把时间耽搁在这小活上。我内心里，对他更不满了。

男人看出了我的心思，将我拉到门外解释，说上次之所以争着多分点钱，是因为他干的活确实多，而且那个小伙子比他年轻，还未成婚，家庭压力小。而他，上有老母，下有妻小，只有多挣点钱贴补家用。

我倒奇怪了，那这次活虽然小，钱也少，但最起码很快就可以干出来，他为什么不做呢？

倒不是因为活小钱少，而是因为那个女人家境比他更困难，这点钱，不如让她一个人赚。男人这样解释。

我这才知道他的良苦用心。

"要是这样，那不如你帮她一起做了，然后不拿一分钱岂不更能体现你的伟大？"我带了点调侃的语气。

"这哪能呢。"男人讪讪一笑，"要是那样，岂不伤了她的自尊？"男人说完，向我打了个招呼就匆匆下了楼。

这个世界上，还有很多他这般的人，因为生活的窘困和艰难，会为蝇头小利而披上斤斤计较的外衣，但同时，他们貌似计较的外衣里面，内心的深处，善良却也一直在熠熠生辉。

有一种善意不必说出来

那个冬日,鹅毛般的雪花直到深夜还兀自下个不停。整个世界都披上了白色的外衣。冷意,侵入了每一个人的骨子里。

母亲招呼完最后一批前来吃火锅的顾客,就喊上我和姐姐一起,忙里忙外地收拾桌子上的残余,准备打烊关门。母亲说,这么冷的天气,这么晚的时间,怕不会再有人来吃火锅了。

正说到这里,门外突然刮来一阵刺骨的寒风,两个雪人闯了进来。我们定睛一看,两个雪人一高一矮,明显是一对父子。这么冷的冬天里,男人的衣着竟还是颇显单薄,脸色铁青,双手不断地互相搓着。孩子很小,七八岁,他身上的衣装倒还算厚实,小脸通红,双眼滴溜溜地在铺子的每一个角落里搜寻着。

男人做了一个深呼吸,半晌,才小声问母亲:"最便宜的火锅得多少钱?"

母亲笑了笑,说:"十五块。"

"十五块?"男人用手摸了摸鼻子,又俯下身子小声问儿子,"十五块,吃不?"

孩子想都没想，赶紧点了点头。或许，他的父亲是第一次请他吃火锅吧，以致他根本没有考虑十五块对于这个衣着寒酸的父亲来说是什么概念。

母亲走上前去，用手抚摸着孩子通红的脸庞，眼神里满是疼爱。我们知道，母亲又要大发善心了。母亲一向心善，经常"以貌取人"，对那些偶尔光顾且衣着并不光鲜的人，以零利润做他们的生意。母亲常说，与人为善，自己也心安。自然，她的善念在眼前的这对父子身上也不会改变。

果然，母亲抬眼望向男人说："这样吧，我们忙到现在，也还没顾得上吃晚饭，如果不嫌弃，不如大家凑合着一起吃，就收你五元钱，你看怎么样？"

男人的脸上蓦地现出喜色，把头点得如鸡啄米般，孩子也高兴得蹦了起来。尽管我们知道母亲心存怜悯，但也没想到她竟只收了他五元钱。五元钱，真的是太少了。

男人和孩子一定是从未吃过火锅，所以吃起来很有点狼吞虎咽的姿态。母亲边不停劝他们别噎着，边让我从厨房间里再上一些配菜，以便随时往滚热的火锅汤里添加。

我刚将配菜端上桌子，男人就将配菜中的肉脯丸夹了几个到孩子的面前，而孩子，亦连忙将肉脯丸塞进了嘴里。我惊得呀的一声叫了出口，母亲忙用手在桌子下狠狠地捏了我一下，用眼神示意我不要说话。

我不明白，那肉脯丸明明没下锅，虽然吃在口中并无太大异味，但也万万没有这种吃法的，母亲为何阻止我说出来？我一为眼前的这个男人的土而感到好笑，又为母亲的这种做法而感到疑惑。此时，对面的男人似乎也觉出异样，停下筷子，问怎么了。

然而，更让我吃惊的一幕又出现了。母亲笑了一笑，说："没事，继续吃！"说完，母亲竟然也夹了几个没下锅的肉脯丸，放进口中津津有味地咀嚼了起来。我再度想张口，但又再度被母亲暗暗阻止了。我和姐姐一气，离开了饭桌，回到了自己的房间。

过了一会儿，我们终于听到男人吃完，即将要走的声音。透过门缝，我看到母亲收了男人的五元钱，一直将他和孩子送到门外，看着他们离去才关上门，来到了我们的房间。

我心里有气，便问母亲："没赚钱也就罢了，干吗还要陪他一起吃那些根本就不宜入口的东西？"

母亲说："难道你们没看出？这对父子明显是从乡下来的，也许，他们根本就没吃过火锅。如果我任由你惊叫出口，任由你说出真相，那岂不是刺伤了他们的自尊心？"母亲叹了一口气，"每一个人，都是有尊严的，哪怕是再穷的人！"

我们这才恍然大悟，明白了母亲的一番苦心。姐姐又说："你这样心善，与其收他五元钱，还不如免费请他们吃一顿呢。"

"不收钱，那岂不将同情演变成了施舍？"母亲笑笑，"有一些善意，还是不说出来为好。"

我和姐姐都没想到，文化不多的母亲，竟如此体贴且小心翼翼地呵护了一个人的尊严。我们知道，如果有一日男人明白这件事的原委，就会知道，那个寒冷的晚上，母亲不仅用善良的心温暖了他的身体，更温暖了他们的心。而我们，更从母亲的身上明白，有一种善意不必，更不能，说出来。

好 朋 友

宁小木和多少年前一样，依旧是那么沉默寡言，如他的名字一样，像是一株陈年的树木，饱经风雨侵袭之后，尤为沧桑。同学聚会上，他静静地缩在一个角落里，似乎一切繁华都与他无关，只是，眸子里的光，还是一如当年大学时那般清澈透明。

大家都理解他。听说，几年前宁小木被查出重度肝炎晚期，幸亏他命不该绝，最终从死神手中夺回了这条命。毕业以来，家境本就一般的宁小木没有找到什么如意的工作，再加上遭此劫难，难怪他如此不言不语。其实细细想想，在这一堆混得还都算人模人样的昔日同窗面前，即便没有那般境遇，世事的变化、社会的现实也足够将他击打得低下头去。

酒桌上，大家即兴谈起了一个话题：说说自己大学毕业之后，结交了哪些真正的好朋友。话匣子一旦打开，大家便你一言我一语聊了起来。

在中关村经营IT公司的大张，边摩挲着手指上硕大的金戒指，边告诉大家，他在北京的朋友多的是，非富即贵，有开酒吧的，有做销售的，也有国企的老板，反正都是割头不换的哥们。大张晃动着脸上的肥肉，斜着嘴说:"不信?哥们现在打个电话,保证他们随叫随到!"

同样混迹于北京的小月也是意气风发。她现在已经是一家文化传媒公司的负责人了,认识了不少娱乐界的好朋友。小月,亮出手机,打开信息逐一地让大家观看——都是她和明星们交往的信息。

面对着大张和小月的成功,谁能不羡慕呢?包括宁小木,面对着小月的iPhone5上的那些信息,也呵呵地开始笑了。

大学时就以义气著称的老刀不甘落后,提起自己的生意,他就两个字:义气!义气为本,一切顺风!老刀的脸庞骄傲得像一面旗帜:"哥们几个都信不?我那帮朋友,那可真叫好朋友。喝酒没我不成席,唱歌没我不成调……"

同学聚会就是这样,话题虽然是即兴的,但看似不经意聊着,但其实无形中是有意地一个一个轮流下去。很巧,最后一个轮到了宁小木。

宁小木很是紧张,憋了半天,脸都憋红了也没冒出一个字。气氛,好像瞬间有了一点点尴尬。

都是大学同学,大家也都理解宁小木。现今社会,无钱无势,没朋友也正常。所以,小月第一个为宁小木解围:"小木老实,宅男一个……"

宁小木突然抬起头来,嗫嚅着说:"其实我有好朋友的……"

"谁?"

"村子里的一个自小玩到大的好哥们儿——铁蛋。"

大家心里暗自发笑:宁小木呀宁小木,村子里的玩伴能称为好朋友吗?

大张这人读书时就喜欢显摆,现在暴富了,更有点看不起人,故意戏谑小木说:"说说,你这个好朋友对你好在哪里?给你介绍工作让你发了财,还是帮你拉拢人脉关系提高地位了,或者是帮你介绍女朋友了？"

　　宁小木听不出大张的弦外之音，只是沉默了一会儿，眼眶里竟然泛起些许晶莹，说："三年前，我得了重度肝病，铁蛋把他一半的肝捐给了我。"

　　语毕，席间听到酒杯摔落在地的声音。

痛入骨髓的声音

六年前的那个冬夜,我正在城郊的医院办公室里值班。凌晨两点时,门被猛地撞开,一个雪人抱着另一个雪人,轰然朝我跪了下来,号哭道:"医生,快救救她!"

我这才惊醒过来,面前的两个雪人,一个是四十岁上下的中年男人,怀中抱着的女人,满脸血污。我第一次见到这样的情形,吓得赶紧叫人去,迅速安排这个女人进了急救室。

男人告诉我,他驾驶四轮车从城里返乡,因为雪天路滑,不小心翻车了。他倒没什么大碍,只是妻子被甩了出去,受伤颇重。我柔声安慰他,希望他能放松下来。

财务那边也过来人,说要他先交一万的住院押金,要不然不便动手术。男人猛地呆了,把我们每个人都哀求了个遍,说他们乡下人都不办银行卡的,身上只有进城做小买卖的现金,才五千块钱。我们都很可怜这个男人,但是又能有什么办法呢?医院的规定,不是同情怜悯就可以破坏的。

男人不知道出于什么原因,竟朝我一个劲地哀求,求我借他五千元,说三天内一定把钱还我。我也不知道是怎么了,竟然在其他同事惊讶的目光中,点头答应了他。其实我只是觉得,他妻子还在医院,就不怕他不还钱。于是,我从不远处的取款机里取了钱替他垫付了。男人对我感恩戴德,眼泪鼻涕齐下,一个劲儿地对我表示感谢。

第三天晚上,我回到家里正要休息,忽然听到门外有敲门声。打开门,发现是这个男人。他刚看见我,便猛然地跪了下去,兀自嘭嘭朝我磕头起来。这一跪,这一磕头,把我吓得不轻,再怎么使劲拉他也拉不起。

他告诉我,今天是还钱的最后一天,他根本就拿不出这五千元。

我一呆,但还能怎么办,只能轻声安慰他,说只要出院前还给我就行。男人这才作罢,大冬天的,连进门喝口水都没答应,径自回去了。

从那晚之后,他每晚都到我的家里,重复着那晚的行动——磕头。有时候我下班晚,他就在楼道里等着我,不为别的,就是磕头表示歉意。他告诉我,其实当初借钱的那晚,他就知道三天内是绝对还不上钱的,但是没有办法,当时的情形下,他不得不撒谎。他还说,他虽然是个农民,但一辈子视诚信为命,借我的五千元钱,他会通过卖粮卖猪还上的,只是还需要个十天八天的。但这次的失信让他内心难安,除了磕头表示道歉,他也找不到好的办法。

十一天之后,男人将家里能变卖的都变卖了,卖得了八千多块钱,亦还了我的那五千块钱。只记得,我接过钱的时候,双手是瑟瑟颤抖的,心里也是一阵接着一阵地悸动。

这个世间,人与人之间越来越缺乏诚信,甚至认为再好的朋友,都不能有经济上的来往,否则,再好的感情也会被破坏。但是,我知道,这大千红尘中,一定有很多诸如那个男人般的人,生活在社会底层,他们失信的背后，没有那么多让"美好"这个字眼被亵渎的原因，他们只是因了生活的艰辛，被逼得不得不失信。却偏偏，有他们这样的人，因为偶尔的一次有着难言之隐的失信，被硬生生地贴上了"失信"的冰冷的标签。

愿我们待人多一些体谅与宽容。

最有面子的婚礼

出嫁那天,她和她的母亲都注意到,原本预定好的酒席桌数远远不够。饭店的大堂经理告诉她们,客人比她们一开始提供的数字,足足多出了好几十位,最起码得再安排五桌。大堂经理说,她家的面子可大,来了这么多的亲友。

她和母亲仔细打量着,多来的几十个人却让她们感到很意外。小区门口卖菜的张阿姨,补鞋的老张头,卖水果的李姐,物管处的葛队长,就连路上的环卫工人于大爷也来了,林林总总,来了几十号人。

他们的到来,让她和母亲都很意外。毕竟,他们与她们之间只能说认识而已,谈不上有什么往来,而且她们也没向他们发过请帖。但是,大喜的日子,人家是带着一颗祝福的心来的,且都带来了贺礼,上了礼金,足见是诚意十足的。

看着他们脸上洋溢的由衷的祝福,她和母亲也都感到格外有面子。只是没想到,无论她们怎么诚挚挽留,他们就是不留在这里吃饭。环卫工人于大爷说,他们如果在这里吃饭,会弄得她们家很没面子的。于大爷说这话的时候,她的泪水忍不住落下,摧毁了脸上的妆容。

快到中午时，几十辆豪车组成的迎亲队伍来了，新郎款款牵着她的手，在众人艳羡的目光里，将圣洁美丽的她送到婚车上。

婚车驶向小区外面，她突然看到，从她家门口开始，不知道是谁铺起了长长的红地毯，一直延伸到很远很远，而张阿姨、老张头、李姐等几十个人，隔段路程就站着几位，如红地毯般延伸到远处。

婚车慢慢驶去，一路上她不停地向他们打招呼，承接着他们不舍的嘱托和由衷的祝福。新郎问她，这些都是你们家的什么人？

她抹去眼角的泪水，把他们的情况简单地告诉了新郎。

她说，她和自己的母亲，平时买东西，一般都不去超市，而是去小区外面的小摊。穿破了的鞋，也不到正规的连锁修鞋店，小区外面的老张补得就不错。她的母亲常对她说，能帮到别人的，就一定要帮。就连物管处的葛队长，衣服破了，也是她母亲拿过去缝补的。天冷的时候，她亲自帮做环卫的于大爷，边打扫，边说笑。

时间久了，她和母亲的善良，为更多的人所知。

这些人，几乎都生活在社会的最底层，他们始终将母亲和她的善良记在心中，只是，因了生活的艰辛，无法用具体的行动去回报。但是，很明显，尽管他们从未提及过回报，但却从不曾忘记。今天，或许是他们表达谢意的最质朴的方式吧。

新郎握住她的手说，这是自己见过的最有面子的婚礼，远胜聘用浩浩荡荡的豪华车队。

小心翼翼的善良

本地一文友打来电话,说他老家的一个故人明天要来做客,叫我到时过去作陪。

次日上午,我就精心将自己打扮了一番——穿上西装,打好领带,把头发理得一丝不乱,皮鞋擦得是能照出人影儿。和文友同处小城,且住地也距离不远,本可不必如此正式,但是人家有故人上门,我可不能在着装上有失仪态,给人落了笑柄。

早早到了朋友家里,他的故人还没来,和我简单聊了之后,他便开始忙碌了起来——朋友说,就在家里炒几个小菜,既经济实惠,又显得亲切温馨,远比下馆子要好。

朋友在厨房间里叮叮当当地忙活了起来,而我则在客厅里看着电视。无意间,我瞥到客厅的地板显得有点脏污,似乎已有数日没有打扫,便准备拿起拖把好好打理一番。正好,朋友从厨房出来,连忙阻止了我,说不用打扫,这样就挺好的。

我微微一愣:老家的故友前来,把地拖得干干净净岂不更好吗?既能窗明几净,又是对故友的尊重,也不至于失礼。

朋友微微一笑，告诉我说，他的这个老家的朋友，一直久居乡下，且这几年来生活一直很窘迫，混得很不如人意，就连县城都很少来过。而朋友的家，他更是第一次踏足。所以朋友觉得，还是不打扫了，就这样迎接他的到来。

我被朋友给说蒙了——这是否打扫地面，与迎接故友前来难道还有什么直接关系吗？

朋友看出我心中的疑惑，便解释道："来自农村的他，生活一向拮据的他，到我们城里来，难免会感到手足无措、拘谨不安。我若把地拖得明亮亮的，房间整理得过于整齐，他反而更加拘束，说话聊天，都会很放不开。"

我顿时明白了朋友的良苦用心。原来，呵护别人的尊严，维系自己内心的善良，不在于做多少轰轰烈烈的事。其实生活中，真正的善良和尊严，在于每一个细微处都能替别人小心翼翼地设想到、考虑到。

人家不好受，咱别露笑脸

去年夏天，师范大学的一纸大红烫金录取通知书飞进了舅舅的家门，让炎热潮湿的空气里添了诸多清凉。

全家人都在为考上名牌大学的表弟高兴不已——他是家族里，第一个考上大学的。

按照惯例，在表弟开学之前，是要放放鞭炮，摆几桌酒席的。但是舅舅不允，坚决要求表弟平平淡淡地去上学，无须任何宣扬和炫耀。

全家人都反对，觉得喜事就应该庆贺一下，与炫耀挂不上钩。但舅舅执意不从，且拉下了脸色，大家只好作罢。

舅舅为了不让大家心中有郁结，道出了原因。

隔壁的张大叔，他家孩子已经连续两年没考上大学，全家定然是心情忧郁辛酸，孩子更是内心难受苦痛。我们如果在此时大肆显摆，他们一家会好受吗？

"可，我们庆贺我们的，又没去打击他们，两不相干嘛。再说了，表弟和他家孩子是同学，还上门安慰过他呢。"我第一个找到了理由反击舅舅。

"不不，"舅舅摆手道，"人家不好受时，咱别露出笑脸。"

舅舅这句质朴的话，蓦然间让我愣住了。

临行前，除了我这个自小和表弟相交甚好的表哥，舅舅没通知任何亲友，由舅妈做了一桌子的好菜，就自家人在屋里聚了聚，算是为表弟饯行。

舅舅没啥文化水平，说不出啥大道理，但为人处世却始终想着他人。

忘不了舅舅这句朴实的话语，它也成了指引我在工作中待人接物的箴言。它一直在告诉我，当别人为悲伤而哭泣时，请暂时收起自己的笑脸。的确，当他人碰到不幸，如果我们无力伸出援助之手，我们也还应有底线坚守——人家不好受，咱别露出笑脸。

每一个人都是莲

刚上初一时,家里穷,别人都是骑着自行车上学,唯独我,步行来校,步行归家。那时,虚荣心作祟,我常常为此感到低人一等,往返学校都是绕着路走。和我同桌的虎子是从外校转过来的,是我最好的朋友,不为别的,就因为他是班级里除了我,唯一没有自行车的人。我每天上学都经过虎子所在村的路口,而每次他也都准时等着我,然后,我们便会快快乐乐地吹着口哨,唱着歌曲,一路飞奔向学校。想起彼时,虎子每次都会乐呵呵地告诉我:"步行多好,运动健身!"

三年后的寒假里,在镇上突然遇到虎子。他坐在一辆当时算是稀罕物的轿车上,而开车的,正是他爸。我的眼泪,噼里啪啦地落了下来。不是因为虎子欺骗我,而是为他的用心良苦而心里暖得发痛。原来,他早就看出我的心事,便决定和我一同步行上学,不为别的,只为温暖我的心,照亮我的前程。

想起初次在城里吃火锅的糗事,因为没见过世面,竟将桌面上生的肉丸子当成了菜肴,还没下锅便夹起了一个放在嘴里咀嚼。虽然觉得味道有点怪怪的,但我最终还是咽了下去,因为我看到,其他人吃得也挺开心的。两个月后我才知道，那些肉丸子没下锅是不能吃的，而他们，却硬是用行动维护了我的尊严。彼时，我的心里是一片姹紫嫣红，不为别的，只为尘世间的这些小小的善良。

还有七年前，落魄的我，第一次应邀去城里的朋友家做客。推开他的家门，发现地板未拖，阳台没扫，沙发上书桌上一片凌乱，不禁觉得同事真是愧对了这套商品房。后来还是别人告诉我，朋友怕我第一次去他家，看到干净整洁的家居环境会心生拘谨，手脚身心都会放不开，而且，他更怕我会产生心理落差，所以，便没有打扫屋子。这些用心良苦的善良，直到现在都给我温暖，赐我力量。

上个月，同事开车和我一道去市里，准备参加第二天早上的全市语文教师会议。去时已经临近晚上，半路上看到路边站着一个俏生生的女孩，在寒风中兀自发抖，同事便停下车跟女孩说，等公交车要花五块钱，坐他车十块钱可以将她带到市区的目的地。女孩上了他的车，副驾驶上的我却感到心寒——他的家境很好，大可不必这样。

下车时，女孩从钱包里拿出一张钞票递给同事，同事笑笑说："不要钱！"女孩也笑，说，真的假的？同事说："当然真的。"然后，便一脚油门绝尘而去，丢下身后满脸疑惑的女孩。我也是满心诧异，问他刚开始向人家女孩要十块钱，怎么到目的地了却又分文不收了。

他笑笑说，天这么冷，她一个女孩在寒风中等车不容易，而且更不安全，所以便想载她一程，反正是顺路。天色这么晚，如果停车时说免费载她，女孩未必就敢放心地上车。所以，便撒了一个谎。

听毕，我的心里又是一暖，真的是未曾想到外表粗枝大叶的同事，能将自己的善良，运用到如此细心周到的地步。转头望向窗外，不禁为刚才对同事的误会而感到些微的惭愧。

活在这个尘世里，我时常感受到，很多来自各行各业的人，无论高贵与卑微，无论贫穷与富有，都像极了莲。有纯净的心，正直的秆，从淤泥里出来，丝毫不被沾染，而且清香怡人。而也正是这些如莲的人，在我的天地里，替我去除喧嚣、浮华、烦躁带给我心灵上的尘埃，给我感动，与我温暖，赐我力量，佑我一直用干净的目光去寻找美、看世界。

义　犬

老蔡风光时，人家都称他为"蔡老"。生意失败后，厂子垮了，还欠了一大屁股债，大家就改口称他为"老蔡"了。

年轻的妻子跟了别人，交好的亲戚疏远了，平时称兄道弟的酒桌上的朋友，亦都离他万米。老蔡啥都没了，只好回到郊区原来的破宅子里，孤苦一人，潦倒生活。破旧逼仄的老屋里，除他之外，唯一有着生命气息，可以与他为伴的，只有那只已经年老的狼犬阿勇了。

说来，老蔡的狼犬阿勇也真奇怪。以前老蔡风光的时候，阿勇是整天山珍海味，吃的东西比人吃的还好，对老蔡也的确忠心耿耿。老蔡不管到哪里，谈生意也好，应酬也罢，都要把阿勇带上。据说，这阿勇狗如其名，确实神勇。老蔡有一次因为生意纠纷，被一伙儿人堵着了，愣是阿勇无惧眼前人，亦不畏人手里的刀和棍棒，凭一犬之力吓退了众人。老蔡常说，阿勇那样子，就真的犹如哮天犬下凡，威风凛凛。而现如今的老蔡，穷困潦倒，别说顾它了，老蔡自己的吃喝拉撒都成了问题，可这阿勇还是忠心，没了以往昂贵的大肉骨头，现在就是喝着稀饭吃着菜帮子也不怨，仍旧贴着身跟着老蔡。

每当老蔡感叹世态炎凉、人情淡薄时，他总是对阿勇说："你这傻狗，老子都穷成这样了，咋还跟着呢？"老蔡一说完，就会抱着阿勇的头，五十岁的人，竟哭得像个孩子。

隔三岔五就来老蔡这里要些零星尾债的人，到老蔡家院门前，也最多在门外吆喝几声，要想进门可是万万不敢。这阿勇似乎通了灵性，就在院门里头正中央位置坐着，眼睛瞪得大大的，眨都不眨，看着门外的人。偶尔，还把自己的头四下转转，似乎在看有没有人爬墙而入。

起初，谁都认为，一条狗而已，即使再神勇，难不成还真的像传闻那样，能和人作对？再说了，人多力量大，何惧一条狗！可当事实摆在眼前时，要债的人都知道自己想错了。他们去了好多人，指望着冲进院子里，把阿勇解决掉，再把里屋一直当缩头乌龟的老蔡给揪出来。但当他们拿着棍棒进院时，阿勇浑然无视面前人，号叫着扑上来逮着人就撕咬。护主心切，阿勇有时候甚至顾不得躲避棍棒，只顾着张开大口向来人咬去。它保护起老蔡的样子，就像忘却了自己的生命。就例如要债者武攻的最后一次，有人一棍子砸到了阿勇的脑袋上，阿勇翻滚在地上好几圈，站起来晃了晃眩晕的脑袋，再度威风凛凛、杀气腾腾地扑了上去。打那之后，这些人就知道，传闻真是有道理的。几次这样的事发生，再也没人敢武攻了。毕竟，你人再多，可目的是要债，谁想自己身上的肉被阿勇给撕扯下来？就连老蔡出门弄些吃的喝的的时候，也是不敢明目张胆找茬了。

武的不行，那就来文的；明的不行，那就来暗的。一条狗而已，再厉害还能敌得过人的头脑？一个想法，不约而同地在这些人的头脑中浮现——下毒！

他们躲在暗处，把外表鲜美、内藏剧毒的鲜肉扔在院子里，阿勇看到，无动于衷；他们去宠物店里买了高档的狗粮，轻轻放在院门里，阿勇也曾见着，但就是视若无睹。大家也都看出来，看来老蔡是早就给阿勇上好了政治课，让它不能吃陌生人给的任何东西。

"妈的，这条狗还真他妈的忠心！"有人恨恨骂了一句。气归气，骂归骂，虽然几次都未奏效，但大家仍然信心十足，因为大家心中都有一个共同的观点——狗就是狗，畜类就是畜类，终究不能跟人比，再忠心还能忠到几时？现在忠心，是因为目前所受到的诱惑还不够。

大家玩起了更高一级的智慧：买了等级更好的五花肉，还牵来了别的狗在阿勇不远处，让它们吃得津津有味，直到认为阿勇的馋虫上来了，才把有毒的肉悄悄放上；还有的更绝，找来了好几条母狗，在阿勇面前晃来晃去，只待着能把阿勇引开。

哪想到，这些方法仍是没用。阿勇是认定了老蔡说的话，除了老蔡给的东西，其他一概不理！

没办法，各人明知希望很小，但又不能放弃，兀自仍然隔三岔五地来投毒一遍，就指望着哪天阿勇犯糊涂了能吃上一两口。

两年过去了，老蔡真的成了老蔡，五十二岁的人就头发花白了。老蔡虽然每天依旧吃不好，睡不暖，生活孤苦潦倒，但也乐得有阿勇这样的义犬陪伴在旁。任你外面人叫骂喧嚣，他兀自在屋内不动肝火，细细回话，说钱终究会慢慢还的。

直到有一天晚上，要债的这些人个个都喜出望外。因为这晚，当他们把一块新鲜的藏有剧毒的大肉又扔在院子里时，他们看到，从里屋出来的阿勇居然鬼使神差地直奔鲜肉而去。到了肉面前，阿勇连考虑都没考虑，张开口就痛痛快快地把肉吃了个精光，没过多久，就腿脚抽搐，口吐白沫，哀鸣了几声，蹬了蹬腿死了。

大家看出，阿勇出来的时候，腿脚已经稍显蹒跚，步履已有趔趄，再看阿勇死去，都各自相视而笑说："怎么样？狗再忠心，也禁不住一日又一日的诱惑，再加上它已老了，哪能不上当？"

各人笑罢，乐呵呵地进了院子，直奔老蔡的里屋走去。到了屋里，只见因为没交电费，屋里只是点着一盏昏黄的煤油灯，灯火如豆，不时摇曳。转首瞧去，用几块破木板搭的床上，躺在上面的老蔡面如枯槁，色呈死灰，双目紧闭，原来早已死去多时。

大家悻悻出来时，看到躺在地上的阿勇，各人面面相觑，怔怔而立。

"这真的是一条义犬！"有人说。

暗　　战

杰克再次醒来的时候发现，德比和卡列也躲在自己的被窝里。杰克知道，它们是想用身体来温暖自己。杰克望着帐篷外白茫茫的沙漠，不禁为自己的贸然猛进而后悔万分。他知道，这次自己可能要连累德比和卡列了。想到这里，杰克忽然哭出声来，眼泪大颗大颗滴落在德比和卡列的身体上。

德比和卡列是两只雪獒，一公一母，整日依偎在杰克的身旁，与他形影不离。在德比和卡列陪伴杰克度过了整整十年时，杰克忽然想离开它们。因为杰克知道，德比和卡列老了，它们应该找回属于它们自己的生活了。

因此，杰克决定带它们一起去沙漠，想让它们陪自己完成毕生的心愿——沙漠旅行，旅行结束之后，便让德比和卡列回到大自然中。

然而，杰克没有想到，他竟然在沙漠中迷路了。尽管他想方设法地寻找出路，但几天下来，还是徒劳无功。后来，杰克想让德比和卡列凭着灵敏的嗅觉找到来路，但诡异的沙漠早就将原先的踪迹掩盖了。没办法，已经数次失败的杰克决定，还是凭着自己的印象，认准一个方向走下去！

更严重的是,杰克发现,他和德比、卡列的饮用水已经所剩无几了,最后的一个水囊,也只剩下了大半袋水。如果再不找到出路,只怕他和德比、卡列真的要永远地留在沙漠里了。

杰克的哭声这时惊醒了德比和卡列,它们睁大着眼睛看着杰克,喉咙里呜呜地悲鸣着。杰克拭了拭眼角的泪水,柔声对它们说:"宝贝,放心,我们一定能找到出路!"

杰克决定,从现在开始节约用水,不到万不得已时绝不饮水。杰克带着德比和卡列,再次踏上了求生之路。

沙漠里的天气就是奇怪,白昼与黑夜的温度相差很大,太阳毒辣辣地灼人。

满头大汗的杰克突然发觉,德比和卡列的目光有点异样。它们紧紧盯着装有最后半袋水的水囊,一刻也不放松。杰克的心里一凛,莫非它们想与我争夺这最后的半袋水?但这种想法转瞬被推翻了。这么多年来,德比和卡列对自己忠心耿耿,从未有过二心,又怎么可能和自己抢水呢?

杰克带着它们,又走了好长一段路,直到中午时分,累得实在不行了,杰克瘫倒在地上。杰克感到眼冒金星,嗓子直冒烟,知道自己的身体已经严重脱水了。他赶忙饮了几口水,又让德比和卡列喝了几口。但杰克很快发现,德比和卡列喝过水之后,又一起跑到远处,背对着他坐了下来,好像在商量着什么。要知道,它们虽然是动物,但却是獒类中的珍品——雪獒!它们,是通了灵性的!

杰克忽然有点害怕,莫非它们真的想……杰克突然想到,在生命受到死亡的威胁时,它们也许真的要背叛自己。毕竟,以前它们对自己的忠心是建立在安乐的基础上。如果它们真要背叛自己,自己的力量是绝对不能与之抗衡的。看样子,自己和它们之间要展开一场暗战了。想到这里,杰克偷偷地把怀里的刀摸了出来。

果然，杰克担心的并不是多余。在接下来的行程中，德比和卡列多次伺机向水囊靠拢，只是好几次都被杰克严厉的目光吓得未敢行动。又过了一段时间，杰克忽然感到一阵晕眩，脚下一个趔趄，德比忽然一口咬向他身旁的水囊。而此时，早就有所提防的杰克将刀猛地刺向了德比。但，他的手刚一举起，眼前突然一黑，之后便晕了过去。

过了很久很久，当杰克醒来的时候，却发现自己已经回到了家中。他的身旁，身上满是伤口的卡列，鲜血淋淋地躺在地上。而他自己，竟压在嘴里满是白沫的德比身上。杰克发现，它们已死去多时了。

这时，心里满是疑惑的杰克突然感到嘴里有股腥咸的味道，用手一摸，满是鲜血！他看着卡列身上的伤口，和自己身下的德比，突然醒悟过来：德比之所以抢喝了所有的水，竟是想保存最大的体力把他背回来！而卡列浑身的伤口，那是它想用自己的鲜血让杰克支撑下来所致。

原来，从杰克昏倒的那刻起，德比和卡列就决定牺牲自己的生命，为杰克铺设一条充满血与泪的生命之路。想到这里，杰克不由大哭出声。他终于明白，在那场暗战中，人类的心灵竟完完全全地输给了动物。

从此，杰克的屋子旁边多了一座坟墓，里面埋葬着两颗高贵的心——德比和卡列。

电梯外的善良

一楼大厅里,一群白领阶层的上班族,眼睛都在盯着电梯门侧的液晶显示屏,一颗怕迟到的心也随着显示屏上数字的变化而急剧跳动着。

当电梯到达一楼,随着叮咚声响起,一群人争相向电梯里挤去。我从后面远远望去,估摸着这群人大概也就七八个,便展开速度冲刺,气喘吁吁地挤了进去。

随我一同冲刺的还有公司里的保洁员老李,但奇怪的是,当我挤进了电梯的时候,老李却在门外停住了。

老李今年近五十了,来自农村,名义上是公司的保洁员,其实粉刷墙壁、搬运垃圾,帮人跑到楼下买外卖,再跑到楼上送外卖,整栋楼层的卫生打扫,他都兼着来做。总之,公司上下大大小小的杂事,只要他能做得来,他都抢着把活儿揽下来。这其中,虽然也有着他想多赚点钱的缘故,但也与他为人质朴热情大有关系——毕竟,替人买买外卖,或者帮公司同事搭一下手,他是死活不肯收费的。

我眼瞅着这核载十三人的电梯,现在才挤进连我也不过九个人,空间还算挺宽敞,眼看电梯门要关闭,我连忙摁了下打开的按键催促老李,让他快点进来。

老李憨憨一笑，说，你们先上，你们先上。

我又摁了下电梯内门侧的打开键，再次催他进来。这时电梯内的同事都已经不耐烦了，纷纷怪我何必为了一个老头浪费大家时间，还说老李不过是一个保洁员，犯不着让大家等。

电梯外，穿着满是泥污工作服的老李，像是突然想起什么事情，笑着对我说："我还有东西在外面没拿，你们先上！"说完，便拿着手里的保洁工具，转身向门外走了去。

其实，公司上上下下所有人中，只有我平常和老李走得最近；也只有我，能经常于难得的闲暇时分，和老李唠上几句。

老李不进电梯，我确定忘了东西只是一种托词。因为我最清楚，体贴人意的老李，是怕自己身上工作服的污垢，玷污了白领阶层们光亮的衣裳；怕自己身上刺鼻的气味，影响到大家敏感的味蕾；怕自己的保洁工具，不小心磕碰了大家自认为高贵的身体。

其实，我更明白的是，老李在公司里的地位虽然最为卑微，但却和很多进城务工的农民兄弟一样，身体表面穿着的是最不体面的衣裳，而骨子里隐藏着的，却是一颗质朴本真、高贵善良的心灵。

善良无须担保

1974年，巨大的灾难使孟加拉国遭受了前所未有的重创，并且因此导致了大面积的饥荒。成千上万的农民争相涌入城市，以期找到属于自己的生存之地。但，无情的现实使他们之中有很多人留尸于荒野，最终只能被清理车运走。最终，他们不得不放弃了外逃的念头，还是留在了家乡。

年轻的大学教授尤努斯在这个时候从美国回到了自己的国家，刚好目睹了这一切。贫困、凄惨、恐怖、残酷的现实，强烈地冲击着他的心灵。那一刻，他突然感觉到，自己以前在课堂上学习的一切知识，在这个蒙受巨大损失的国度里，显得那么脆弱。尤努斯立志要改变这个无情的局面，让人们从苦海之中解脱出来。

一次偶然的机会，他遇到了一个三十岁上下的农妇。农妇的丈夫，因为外出寻找用以维生的食物，惨死虎口。她八岁的儿子，因为饥饿，最终离她而去。而她自己，本来可以靠自己的手艺，编织一些手工品拿到集市上卖，但，屡屡因为没有原料而受挫。

尤努斯从身上拿出一些钱，递到农妇的手上，希望她能利用这笔钱改变自己的生活。农妇突然泪如雨下，颤抖着双手，接过他带有微温的钱，执意要知道他的名字。尤努斯微微一笑,只好将自己的名字告诉了她。农妇临走的时候,猛然跪在了他的面前说:"好心的先生,这笔钱,我一定会还给你。"

人们知道这件事后,对尤努斯的所作所为感到很难理解。在这种处境下,每个人自顾还来不及,他竟然还傻到把钱给了别人。更何况,人们认为,那农妇根本不会还他这笔钱。对此,尤努斯从未放在心上,他根本就未期望过那个农妇能还他的钱。他所做的,只是源于他的一颗怜悯的心。

然而,没想到的事情发生了。三个月后的一天早晨,那个受过他帮助的农妇竟然找上门来,亲手将钱还给了他。

这件事,尤努斯没想到,当初嘲笑他傻的那些人更是没想到。

经过此事之后,尤努斯摸索了帮助穷人的方法——他意识到,如果他能借给村民一点启动资金,向他们提供小额贷款,帮助他们谋生,农民的窘境将会很快得到改善。

尤努斯做了一个惊人的决定,辞去了大学教授的工作,四处筹措资金,成立了自己的银行,向所有急于谋生的农民提供小额贷款。更让人们没想到的是,在尤努斯的银行,贷款人不需要任何担保手续和任何的抵押物,最多就是留下自己的姓名。

尤努斯此举立即在业界引起了轩然大波。众多银行人士认为,尤努斯的银行的这种操作方法完全是自取灭亡,根本无法推广。因为,那些没有办理任何担保手续,没有任何抵押物的贷款者,谁也不会傻到如期还钱。所有人都认为,尤努斯的银行,顶多支撑一年就会倒闭。

尤努斯顾不上业界的各种流言蜚语,仍然加大资金投入,向更多贫困者发放所谓根本就收不回来的贷款资金。并且,他的银行规模越做越大,很快又在其他城市设立了分行,越来越多的人,从尤努斯创办的银行中获得了贷款。尤努斯的做法，震惊了整个国家。在人们眼里，他的行为，完完全全就是疯子的行为。

然而，一年之后，人们发现，尤努斯创办的银行不仅没有一家倒闭，反而发展的势头显得更加迅猛。20世纪80年代末，尤努斯正式把银行命名为孟加拉格莱珉银行。截至2004年，在短短三十年内，孟加拉格莱珉银行平均每年向660万人发放了贷款，资金高达八亿美金。更让人们感到震惊的是，孟加拉格莱珉银行创造了一个世界上任何一家银行都没有过的奇迹——三十年来，孟加拉格莱珉银行的所有贷款人中，还款者的比例高达99%，居世界第一位。

2006年，这位全名叫作穆罕默德·尤努斯的银行家，获得了举世瞩目的诺贝尔和平奖。

当被问及孟加拉格莱珉银行成功的经验时，穆罕默德·尤努斯微笑着说："三十二年来，我最大的成就不是成功地挑战了银行体制，而是我始终认为，穷人虽然没有任何的抵押担保，但我相信他们都有靠自己手艺谋生的能力，都会如期还钱。因为，在这种能力的背后，更让我相信的是人性的光辉，还有每个人心灵深处那根善良的弦。"

良 知 无 价

那年,一场大病无情地缠住了七岁的独子,让身为父亲的他心头的阳光全被抽走,以往充满欢声笑语的家也彻底地冷静凄怆了。

那是一个阳光明媚的下午,他偶然发现,儿子脖子后面的小红疙瘩突然间破裂,并且流出了些许鲜血。他一惊,连忙将儿子送入县医院诊视。

他将儿子的情况简单地向一个年轻的医生叙述了一遍,并且提出顺便给儿子做个全身检查。没过多长时间,年轻的医生便带着他的儿子走出了检查室,并且笑意盈盈地告诉他,儿子没事,脖子后面的伤只是一般的皮肤病,流血一定是不小心用手抓破的,或者无意中的碰伤。

他这才放下了心,在交纳了两千余元的检查费之后,便高兴地带着儿子回到了家中。

可是,他万万没想到的是:二十多天后,儿子脖子后面的小红疙瘩竟长大得如两个鹌鹑蛋,流血情况也越来越严重。有时,鲜血甚至像小喷泉一样激射出来,无论用什么方法也止不住。他再次陷入了慌乱之中,再次将孩子送入了县医院。

这次,院方在查看了孩子的伤势之后,经过会诊,诊断孩子患的是一种极为可怕的病——先天性血管瘤，晚期！突如其来的噩耗让他当场瘫倒在地上，久久说不出话来。

儿子的病让他花光了多年来所有的积蓄，他甚至变卖了一半的家产。但他表示，即使孩子的病已到了晚期，哪怕有一丝一毫的希望，他也会倾尽全力去救孩子，哪怕倾家荡产。而就在此时，他突然想到，既然儿子的病已经到了晚期，那为何当初首次去医院的时候，那个年轻的医生却什么都没有检查出来？

带着这个疑问，他再次找到了那个第一次为儿子诊治的医生。在他的再三逼问下，那个医生道出了一个晴天霹雳般的内幕：当初的首次诊断，医生根本就没有为孩子做周身检查！

原来，那个年轻的医生刚刚上班，家中六十岁的老母亲重病在床。那天，这个年轻的医生看他老实巴交的样子，只是把孩子带到了检查室内简单地检查了一番，根本就没有做周身检查！目的就是想从他的手中得到手术费。而作为农民、毫无见识的他被蒙在了鼓里。

得知这一惊人内幕，他所有的家人和朋友全都愤怒了，一起把矛头指向了那个年轻的医生。每个人都建议他，将那个医生连带医院告上法庭，一定能获得一大笔赔偿。

令人没想到的是，尽管亲友再怎么劝说，悲伤的他在再三思忖之后，竟决定不会起诉医生和院方。他提出的唯一要求是，那个年轻的医生和医院负责人当面向他道歉，并退还他为儿子首次就诊所付的费用。

他将医生和医院告上法庭也是很正常的事，他提出赔偿也是合乎常情的事，因为，那个医生确实犯了错。但，他还是坚持自己的意见。

在亲友的质疑声和家人的愤怒声中，他道出了六年前的一件事。

那时，已经三十三岁的他中年得子。儿子的到来，等于是在他的生活画卷中，添上了一抹极重极美的幸福的色彩。

儿子一岁那年，因为一场重感冒引发高烧不退，他将孩子送到了医院。而这家医院，正是六年后的这家县级医院。当时，孩子经过一番简单的治疗之后，逐渐退烧，渐趋常态。但是，在治疗过程中，医生却发现在孩子的颈部后面有一个手指头大的小红点。经验丰富的医生劝他："这个孩子颈部的小红点可能是一种血管病，你得抽个时间复查一下！"

当时的他，完全沉浸在得子的喜悦中，根本没有理会医生的话语。其至，还暗自认为医生之所以这样说，无非是想多赚取他的钱而已。

没想到，时隔六年，一切竟全都被当时的医生言中了。

他说出这件事情的时候，懊悔的泪水哗哗而下。

"那个年轻医生只是出于孝心，犯了错误而已。而儿子的病，完全是俺当年没有听从医生的劝告所致。归根结底，还是俺自己的错占了大半，俺不能将所有的错赖在人家医生的头上！"这个土生土长的农村男人道出了自己的心声。

最终，他只是让那个医生退还了当初的检查费用，接受了医生和院方的道歉之后，便将此事了结，一头扎入了拯救孩子的战斗中。

这件事，让很多人都说他是个傻子，放着到手的钱都不知道要。甚至，他的事情还惊动了当地媒体。

有记者问他："尽管孩子的病情已经处于晚期，但如果能提前二十多天知道病情，就算不能完全治愈，最起码还能延长孩子的生命。再说，你现在的情况几近山穷水尽，到底什么原因让你不再提出赔偿要求的呢？"

"俺还是那句话，这件事说到底还是怪我当初不听劝告。我虽然迫切需要钱来治孩子的病，但也不能昧着良心胡乱伸手吧。"他苦笑了一声，紫褐色的脸上的神色也愈加坚定，"金钱有价，良知无价呀。"

爱心不作秀

美国著名的艾菲尔建筑公司在承建某山区一条铁道的过程中，遇到了一个令他们头疼的难题。原来，工程进行到将近一半的时候，在铁道的断头处发现了十几棵大树，这严重阻碍了工程进度。本来，只要用电锯把这十几棵大树彻底地砍伐掉就行，但关键问题是，每棵大树上面都栖息着很多的鸟儿。如果强行把这些大树砍伐掉，鸟儿就将失去生存的家园。这样，也就与艾菲尔建筑公司一贯提倡的"环保、博爱"的宗旨背道而驰。

艾菲尔公司为了这个棘手的问题，召开了专项会议，准备集众人之力想出一个万全之策。经过两个多小时的讨论，问题的解决方案集中在了两个有争议的提议上：一，铁道工程关系重大，关联到整个地区的经济、政治、文化等重要领域，因此，为了长远利益，应该破例一回，将阻碍工程进度的十几棵大树全部砍伐掉。二，绕开这十几棵大树，重新选择另一个区域修建铁道。

如果选择第一种方案，虽然与公司的宗旨相违背了，但可以准时完成整个铁道工程，且不会超出工程的款项预算。如果选择后者，则与公司的宗旨相吻合，并能起到很好的社会效应，在业界树立起良好的正面形象，但这样一来，则会在工程预算款的基础上多出一笔庞大的开支。

到底选择哪种方案，最终决定权还在艾菲尔铁路建筑公司董事长劳斯顿的手中。但是，劳斯顿正出国考察，不知道什么原因，他的通信工具竟全部关掉，以致公司不能及时联系到他。最终，副董事长约翰决定，执行第二种方案：即便多出再大的开支，也要保护鸟儿的家园。约翰是经过再三思忖才做出这个决定的。他认为，眼前的舍弃，会使他们公司在社会上产生巨大的正面影响，且会为公司带来巨大的长远利益；再者，若是董事长劳斯顿在，他也一定会这么做的。

约翰发了话，别人也就不再多说什么。正准备执行他的决定之时，董事长劳斯顿从国外回来了。劳斯顿在听取董事会的情况汇报后，毅然推翻了约翰的第二种方案。劳斯顿的这个决定，多少让约翰感到意外。毕竟，劳斯顿一向很注重公司在社会上的影响，而此举，却与他一贯坚持的宗旨相反，有可能对公司的声誉造成很大的负面影响。更严重的是，这对公司的长远利益来说，是一种莫大的损害。尽管约翰竭力劝阻劳斯顿，但劳斯顿铁了心要按照自己的打算来办。约翰看他态度如此坚决，只好叹气作罢。

在劳斯顿的指挥下，工程队开始对十几棵大树动手。然而，劳斯顿并没有直接命令砍伐掉这些大树，而是组织花费了大量的人力、物力和财力，将这些大树连根移起，一棵又一棵地平移到距离隧道约十英里的地方，并把它们培植起，让它们来继续生长。此举，让大家都感到费解，为何这么大费周折，直接把这些树木砍伐掉岂不更好？

劳斯顿后来给出了答案：公司的经营宗旨永远不会改变，公司在经营过程中将永远坚持环境第一的准则。但是，如果为了在社会上树立正面影响而不顾实际地绕开大树，那么，公司就把"环保、博爱"的初衷演变成了虚伪的作秀。而现在,平移走这些大树,让它们继续生长,一来节省了不必要的开支,二来可以让鸟儿继续拥有属于它们自己的家园,坚持了公司的经营宗旨。

哪怕对一只鸟儿,爱心也不能作秀!

莲在天桥下

他在天桥下卖唱，一个人，一把二胡，手指弹拨间，那哀哀怨怨凄凄切切的悲凉，从弦上轻轻流淌下来，宛如银白色的月光铺陈在湖面，常常引得路人驻足而听。

我在郑州参加笔会的那几天，每天都是必经这座天桥下的。而每次听到这直击人心扉的哀怨时，哪怕时间再紧，也会停下脚步，静静地听上一小会儿。我从他的二胡音里能感觉出，这个四十上下的中年男人，是一个极爱生活、极爱音乐的人——讨饭只是他的命，二胡却是他的魂。吾命吾命，无魂岂能成命？

在我离开郑州的前一天，我最后一次经过天桥的时候，在桥下的缺口处那里却没见着他，但耳畔里的二胡声依然存在。我循着声音走过去，原来他偏安于桥下暗处的一隅，手指拨动，二胡声声，哀如诉，细如丝，荡漾在天桥下的空气中，也荡涤进人的心灵深处。他静穆地席地而坐，面色出奇地郑重，眸子里满满地都是一股认真劲儿，仿佛是面对着平生最重要的知音，而竭尽全力演奏出绝唱。而此时他的对面，也确乎坐着一人，一个八九岁、衣衫褴褛的小女孩。她满脸的风尘，一双眼睛睁得大大的，出奇地亮，一动不动地，那种倾听的认真劲儿似乎比演奏者还有过之。

手指作罢，二胡声绝。我问，今天怎么在暗处演奏而忽略生计了？他笑笑说，这个孩子也是个乞讨者，挺可怜的。看她一个人孤苦寂寞，而且好像很喜欢听他拉二胡，于是便拉她至暗处，每天都单独给她演奏一曲。

我正感到心有酸楚时，他又告诉我，这个小女孩是个聋哑人，在她的世界里，其实没有任何关于声响的概念。

聋哑人？我蒙了。这聋哑人怎能听他拉二胡？

他仿似看出我心中的疑惑，淡然一笑，指着自己的脸说："没事，我的二胡声，她听不见，但完全看得见。"说完，手指拨动，二胡声声如水，流光闪闪，泻了一地。而他的脸色，再度像刚才那样，肃穆认真，郑重谨慎。

我见过无数的音乐演奏者，但从未见过像他这样的，能将尘世间所有关于"善良""呵护""同情"等充满光辉的字眼，发自肺腑地用最充满尊重的方式，如此干净且美好地演绎出来。这样的男人，是如莲的男人，哪怕满身风沙，亦是心无丝毫灰尘。

是的，我亦明白，那个小女孩的耳朵永远听不见他的琴声，但她的眼睛和心灵，完全可以听到，彼时如莲的他，用最干净的心演绎而成的天籁之音。

阿　全

初中的同窗好友，也是小时候同村的玩伴，在QQ上发信息告诉我，说阿全死了。阿全是谁？我已经毫无印象了。直到好友说出"季丙全"的全名，提起他的绰号"蘑菇全"，我才将他从记忆之海中慢慢地拖拽而出。

阿全和我也是同村，性格憨厚木讷，从小就寡言少语，任是看见谁，顶多憨憨一笑。当然，除了我。

我和阿全的投缘，始于羊。我很奇怪，阿全怎么那么大能耐，竟能让成群的羊都一一听他的指挥。阿全看我和他年龄相仿，便跟我讲起了放羊的秘诀。而我，亦以崇拜的目光看着阿全，我头次听说，原来放羊有着这么多新鲜趣味。

后来，我们在小学和初中都曾被分在同一个班里。记得初三时，我和阿全的关系已经到了形影不离的地步。那时，我和阿全彼此都说过，要做一生一世的好朋友，"苟富贵，勿相忘"。

到了高中时，他在三中就读，我在县一中就读。彼此间的联系，因为学业繁多，稍稍疏远了一点。等到读大学时，我去了南方，他却落榜了。也就是从那时开始，我们渐渐就失去了联系。我还能记得，读大学临走时,阿全也来了车站,紧紧握着我的手说:"苟富贵,勿相忘。"我应了他一句相同的话,重重点了点头。

后来,我终于越来越认同那句话——光阴是最无情的杀手,它可以带走世间一切美好的东西,包括你原先一直坚持着的、期盼着的。从进入大学开始,我就忙碌于四年之后的事情,为以后工作未雨绸缪。"经验""人脉""圈子"等字眼,不断扑入我的脑海,关于幼年时、少年时的友情,还有一些当时觉得颇为豪气干云的承诺,已经逐渐淡去,甚至有的我已完全忘却。

六年没联系了,六年没消息了。六年,已经足够我这个整天忙事业、忙家庭、忙写作的人,把这个叫阿全的人完全忘记。所以,当听说阿全死了的时候,我只是微微地一惊,淡淡地说:"哦,怎么死的?"朋友说,癌症,晚期。这么多年来,身边不乏生命消逝的事情,去了好多次殡仪馆,我已经逐渐地,在对生命的消逝越来越心痛的同时,亦越来越麻木。

我问朋友,阿全得重病的消息,你们几个都知道,怎么就我一个人蒙在鼓里?阿全怎么不对我说一声?我也好去看看他。我说这话的时候,其实明显感觉到底气不足。逝者已矣,我之所以用这样的语气表达我对他的不满,其实只是想证明我好像还很在乎他。

电脑屏幕上的小企鹅头像闪了闪,朋友回了信息:阿全被查出癌症晚期时就嘱托过我,一定要在你面前保守秘密,怕影响你的工作和心绪。

朋友顿了顿,又发过来一句话:阿全说,你是他最好的朋友,你要知道了,肯定会难过得要死。

我的心突然一阵悸动,明显感觉到嘴角的肌肉抽搐了几下。我这个喝过很多墨水的人,一直只将阿全当作生命中的过客,而我,却是他友情宫殿里永难磨灭的记忆。

终于在自责中明白，不是这个社会变化得太快，而是我们的心变得太快。我们为了更好地生活，总是找出诸如"社会繁杂紧张，生活节奏加快"等理由，来搪塞自己对友情、对亲情的遗忘。其实，有些人，生来就有的本真、温暖、美好，永远停驻在他的心中。譬如阿全，任是世界转动，处处繁华，他的内心，依然明媚如初，美好得让人心碎。

今晚没停电

五年前,我在县城刚买了房,搬进去住了不到一年,便十分想念起农村的生活了。

城市虽然繁华,但是楼上楼下门里门外的邻居,似乎天生就多了一层戒心,照个面顶多笑笑便了事,似乎多说一句话都是什么不妥的事。我住的那栋楼里,除了来自同村的电工小丁,我居然一个人的名字都叫不出来。当然,除了小丁,也没有一个人能叫出我的名字。

而在农村,是极不一样的。别说门旁的邻居,即便是相隔着一段路的,我们也能亲热地叫出名来。春天,我们在春风里,会与很多的播种人相遇,因为一粒种子,便能搭上热乎乎的话语;夏天,我们在一天的暑气稍减时,会因为一条小河的缘分,在浪花里便相知;秋天里,我们认识得便会更加地亲切——在那金灿灿的麦穗,低着头哈着腰创造的间隙里,我们便能看到对方,一个丰收的喜悦的眼神,就能让我们互通姓名,各留电话;冬天里,即便天冷很少出门,但一旦雪来的时候,哪怕是一声"下雪了",也便会召唤起无数的农村人,齐聚到空地里,为上天赏赐的圣洁而感到欢欣鼓舞。

我搬到城里，似乎原来的梦想并没有实现。去年夏天，当我把苦水倒给当电工的小丁时，小丁也有同感。不过，他狡黠地笑了笑说，他有办法让同一栋楼里的邻居都互相认识认识。

小丁说，只要停一次电就可以。我不信。小丁说，等着瞧吧。

次日晚上，小丁故意把我们这栋楼的电闸给拉了下来，然后便邀我一同到小区的广场上坐坐。天气太热，广场上还算可以，凉风习习，胜却燥热的屋里无数。

没过一会儿，广场上的人便逐渐多了起来，三五成群的，有聚在一起抽烟的，有聊家常的，有谈论时事的……半个小时都不到，大家从工作，聊到孩子、生活等，且都聊起各自住在哪单元哪间屋的话题了。很快，大家都感觉熟络了，甚至很多有一种相见恨晚的感觉。

在教育局上班的张哥很有感慨，说，大家同住一栋楼，但也不知道怎么，始终说不上话。

张哥的话，引起了很多人的共鸣。有人还笑说，今晚的相识，看来还得多亏这次停电。

小丁心里暗笑，站出来说，其实，今晚的停电，是他有意为之的。现在，大家可以回去了，他马上去把电闸合上。小丁说完，又笑呵呵地请求大家谅解。

小丁说完，广场上突然寂静了十几秒钟，苏醒过来时，居然没一个人怪小丁。

几乎每一个人都明白：其实，今晚没停电。因为，大家的心灵深处，比以往更加明亮了。

蒲公英的梦想不卑微

有这样三个人,在我的人生道路上留下过很深的印迹,迄今也让我难以从记忆中磨灭。

第一个人,我叫不出他的名字,是一个四十多岁的中年男人。初见他,是在小城的大道上。彼时,他骑着摩托车和一辆轿车碰撞在了一起。虽然没有生命危险,但一眼看去,就知道他伤的已经不轻——满脸的污血,被地面摩擦得支离破碎的衣裤,特别是右腿,更是血流不止,软绵绵的好像断了似的。男人不知道是已经痛得麻木了,还是头脑糊涂了,全然不顾自己伤重的身体,拖着一条腿爬向路边那已经被撞得不成形的摩托车,嘴里兀自喊着:"我的摩托车,我的摩托车呀!"这个四十多岁的男人声泪俱下。

围观的众人,起初的对伤者的同情,瞬间变成对他的不屑。谁都瞧不起这朵"奇葩"——人都伤成这样了,居然还有心思挂念着一辆并不值钱的破摩托车?这不是愚蠢,不是迂腐,不是憨傻,还能是什么?

第二个人,同样我也叫不出她的名字,一个不到三十岁的来自农村的年轻人,和人打了起来,最终,被别人打得头破血流——只是因为想要回几个苹果的钱。有人简单地算了算，几个苹果加起来不值十元钱。十元钱的事情，值得这么认真吗？没人认同年轻人的血性，而是一边倒地对她发自心底地瞧不起。确实，我也认同围观者，虽然一分一角来之不易，但没必要过于执着。

　　第三个人，我是认识的，她是和我同一个小区的陈阿姨。陈阿姨最喜欢摆弄自己的手机，逢人就喜欢拿出来打电话给自己的儿子，聊这聊那，说南道北。挂了电话，总是将手机递到众人的眼前，说是儿子特意给她买的。这是一台很普通的功能机，老年人专用的大字号的手机，在现在这样一个智能机泛滥的时代里，这成了一个实在不值得拿出来炫耀的手机。大家当着陈阿姨的面，嘴上都夸她儿子孝顺，夸她的手机屏幕上的字大看得清楚，但内心里却都说她虚荣心太重，将惹人不屑的笑话当作经典拿到台面上。

　　我想说的是，对于上面的三个人，如果不是后来了解到他们的"幕后"，也许我的观点也会和大家一样。第一个人，带着妻儿寄居在城里的廉价出租屋，全家人的生计就靠那一辆送外卖的摩托车维持。第二个人，为了尊严、公道、清白，她用自己的方式来维护和证明。而陈阿姨，她只是一个母亲，一个一辈子没用过手机的母亲，突然收到儿子的礼物，怎能不那么夸张地炫耀？她半生对儿子付出爱，却仅仅因为一部手机，便感动不已。母亲，是多么容易满足。

　　繁杂的红尘里，那些卑微得像蒲公英的人，只要给他们一方土地、一道缝隙、一处山尖，只要能生根即可。也许他们有时会做出一些让我们感觉不适的事情，但并不是我们眼睛看到的就是真实的。很多生活在尘埃里的人，因了一份很简单但却很伟大的梦想，而一直在努力着，经受着，辛苦着。

良心永不过期

2007年11月，澳大利亚新任总理陆克文对外发表公开声明，向澳大利亚土著人过去遭受的不公待遇表示诚挚的道歉，并将接受他们合理的索赔要求。声明发表，在一片哗然中，人们的思绪不禁又飘飞到一百多年前。

19世纪60年代开始，生活在偏远的内陆定居点，过着简陋生活的澳大利亚土著人，遭到了当时政府的残酷压迫。他们的儿女，即将被硬生生地从他们身边抢走，交由当时的白人家庭抚养、教育。

谁想眼睁睁看着亲生儿女被人从身边抢走？谁想自己的家庭被人无情地毁灭？愤怒的澳大利亚土著人终于筑成了抗击外敌的战线，与侵袭者展开了殊死搏斗。但是，两者之间的实力太过悬殊，澳大利亚土著人根本抵挡不住武器先进、装备精良的入侵者，最终惨败而宣布投降。自然，他们的儿女也就被入侵者从身边夺走，融入了一个又一个陌生的白人家庭里。

这些澳大利亚土著人的儿女，自从寄养在白人家庭之后，便失去了以往的一切自由。他们被限定在固定的区域内活动，每天都要干一些连成人都无法忍受的重活，时常受到白人的虐待，而且还被禁说他们自己的家乡语言。

澳大利亚土著儿童的这一悲惨历史，尘封了一百多年才被世人揭开。1997年，一份名为《请允许他们回家》的报告，详细披露了从十九世纪六十年代开始一百多年的时间内，澳大利亚土著儿童被迫离开家园并接受白人家庭虐待的事实，从而使这一问题得到了澳大利亚社会的重视。而澳大利亚土著儿童，也因此被称为"被无情掠走的一代"。在此之前，澳大利亚政府对此从来都是漠然视之，不理不问。

一百多年来，澳大利亚土著人也曾对此进行过无数次的声讨，但都无果而终。直到20世纪70年代，澳大利亚政府才注意到澳大利亚土著儿童的问题，但却一直拒绝道歉。澳大利亚几届政府都认为，澳大利亚土著儿童的遭遇是过去政府所为，属于过期行为，他们完全没有道歉的义务。更让他们担心的是，道歉可能会引发澳大利亚土著人数额巨大的索赔。

澳大利亚国内，虽然也有很多人支持政府向土著人道歉，但都因政府的不予理睬而以失败告终。在支持道歉的浩荡队伍中，陆克文就是一名。从小就从书上得知这一史实的他，立志要还澳大利亚土著儿童一个公道。他始终认为，个人也好，国家也好，都应对过去的事情负责。

2007年11月27日，终于位列澳大利亚政治舞台中心位置的陆克文，力排众议，毅然决定向澳大利亚土著人公开道歉。陆克文向反对他道歉的人解释："确实，澳大利亚土著人所遭受的不公待遇是过去政府所为，但我们作为澳大利亚的领导者，有义务承担过去政府所犯下的错误。因为，在一个崇尚文明、自由、发展的现代化国度里，行为可以过期，良心却永不能过期！"

陆克文代表国家公开道歉之后，澳大利亚政府等待澳大利亚土著人大规模的索赔，但令他们意想不到的事情发生了。一向索赔呼声很高的澳大利亚土著人，在得知陆克文公开道歉一事之后，纷纷偃旗息鼓，停止了一切索赔的要求。从陆克文公开发表道歉声明一直到现在，澳大利亚所有的州政府，都没有接到任何一例澳大利亚土著人的索赔要求。

澳大利亚土著人这样解释："我们之所以不需要赔偿，是因为他们的道歉，已经给了我们心灵上最大的慰藉。更重要的是，我们也有良心！"

芬兰的冰雪旅馆

提到芬兰,人们很容易联想到诺基亚这个著名的品牌。其实,芬兰还有一个著名的旅游品牌——冰雪旅馆,世界上最冷的旅馆。

2008年12月10日,芬兰最大的冰雪旅馆——莱尼奥冰雪村庄正式开业。莱尼奥冰雪村庄由十五名冰雕艺术家用了整整三个星期建造而成,共用去上千卡车的冰雪。旅馆占地面积7500平方米,拥有30个房间,每晚最多可容纳60个客人居住。

旅馆内,除了门和灯具外,几乎所有的设施都由冰雪造就。即使是床,也不例外。旅馆里面照射不到任何阳光,室温在0℃以下。尽管房间里面的床都是由大块大块的冰做成,旅馆在冰块上铺了木板和软软的床垫,所以客人还是可以睡得很舒服。但即便如此,住客还是需要忍受0℃至5℃的低温。

如此寒冷苛刻的条件,难道还会有人来住?这是很多人想到的问题。

其实,芬兰大大小小的冰雪旅馆有好几十家,最小的冰雪旅馆占地面积也有3000平方米,设有15个标准房间。每年来这里旅居住宿的游客络绎不绝,不同肤色,不同人种,来自世界各地。

当然，芬兰的冰雪旅馆并不是时时刻刻都存在的。秋冬季节，因为芬兰地处寒冷区域，冰雪坚硬异常，稳固性也很好，冰雪旅馆就可存在，直到春季回暖，冰雪消融，旅馆才会逐渐隐退在人们的视线里。但即使是秋冬两个季节，也足以让旅馆的经营者赚个盆儿钵儿满当当的。

世间旅馆千万种，但以冷为名，以冷为经营宗旨的却真的是少之又少。在冰雪旅馆开始出现的时候，很多人都不理解，这样的旅馆，有谁会来找罪受？

冰雪旅馆的初批经营者说："我们希望，人们通过在旅馆里居住体会到，人会因为成功而觉得日日艳阳天，也会因为骄傲不慎落入寒冷之地。我们更希望，富者能在富足的同时，在旅馆里感受一下寒冷，由此想到世界上还有很多处于饥寒中的人们，需要人们用仁爱为他们取暖，用慈善为他们送去阳光。"

原来，芬兰冰雪旅馆不仅仅是一个旅游品牌，更蕴含人生哲理和仁爱的真谛。

请让我用心呵护你的尊严

他来的时候,满脸的风尘,还有浑身上下透露出的疲倦。我们看到,他的衣着极为土气,时至阳春三月,上身还穿着被时光雕磨得已经泛光了的蓝色粗布棉袄,下身穿着泛白的藏青色裤子。唯一值得一提的,衣服虽然破旧,但还算整洁干净。他来得很突然,以至广波电话里让我们冒充他的工程队,且说要好好请他吃一顿大餐时,一切都显得那么匆忙。

在今天做东的东道主,也是他的家乡旧友——广波的带领下,我们和广波这位来自乡下的朋友一样,走进这间装潢颇为华丽的包间时,都显得有些局促不安。

广波今天穿得极为体面,白色的衬衫、红色的领带,还把他那套一直珍藏在衣柜里的西装着在了身上。一个黑色的皮包形影不离地被他攥在手里,一直到现在才放在酒席桌上,举手投足之间,俨然是老板的范儿。

广波点的菜极为丰盛,一百多块一瓶的白酒也上了两瓶。广波在推杯换盏间跟他讲,自己这几年发展得还不错,事业越做越大。不时还指着我们说,看,这是我手下工程队的朋友们。一番吹嘘,听得他脸上连续换了好几种表情,有震惊、敬佩和兴奋,还有一丝丝的汗颜。他不时地呷上一口酒，脸上的红晕越来越深，眼睛里的光彩越来越盛。

我们知道，广波今天点菜其实无须这么浪费，这得花半个月的工资。想想平常，我们这些农民工，都是一壶劣质老酒外加几个冷菜就大快朵颐的。我们也感叹，未想到广波这样一个朴实憨厚从不矫揉造作的汉子，内心里的虚荣居然会这么深。也许，我们这些农民工在这个钢筋铁骨的城市里一直都很卑微，以至广波好不容易遇到一个不知他根底的旧友，就想方设法地显摆一下。在桌上作陪的我们，一边听着广波的吹嘘而感到脸上火辣辣的同时，一边小心翼翼地配合着广波，卑微地呵护着他的尊严。

酒席散去，广波独自送他登上返乡的列车。回来的时候，我们几个都埋怨广波今天的行为：菜无须那么丰盛，行头也无须那么时尚，不必浓墨重彩地将自己描绘成那样。我们就是一群向来都实实在在的农民工，哪里需要这般虚伪的装饰，怎能为了满足自己的虚荣心而不顾自身经济情况？

"他是我原来最好的旧友，这次来是向我借钱的。"广波幽幽地说了一句。

可我们不理解，既然是借钱，直接把钱给他就是，何必如此大费周章？

广波这样向我们解释：

"他是我相处极好的旧友，也是好兄弟。这几年，他在农村过得一直不好，生活极为拮据。他是一个极重面子的人，要不是实在撑不下去了想做点小本生意，断然不会来借五千元钱的。他借之前，说好了半年内还清。但我了解他的为人，五千元钱借给他之后，也许他心里会整天惦记着半年的期限。他要是知道我同样过得不容易，这种压力将会更大。所以我当知他的来意时，告诉他自己这几年混得还不错，五千元钱什么时候有了再什么时候还。所以……"

广波说到这里的时候,我们就什么都明白了。

"我那么大费周折,其实只是想……"一向笑呵呵的广波这时却一脸庄重,"只是想减少他的压力。"

"五千元钱嘛,又不是什么大钱。再说了,我毕竟混得比他好。"广波笑了,有点讪讪地说。

一直以为,是我们在酒席着上配合广波,用心地呵护着广波的尊严,却料不到,原来,一直将他人的尊严放在心里,且细致入微地呵护着的,是广波。

兄　　弟

单位放大假，时值春日，万物复苏。我与女友便乘此良机坐火车直奔杭州。

火车上很静，我与女友相偎在一起，吃着零食，讲着笑话，好不惬意！女友时不时被我逗笑，发出银铃般的笑声。除了火车撞击铁轨的声音，它就成为唯一打破沉静的声音了。不经意间，我看到周围的人时不时地注意我们，脸上不由一红，我推了女友几下，示意她注意一点。女友眼睛一瞪，你着急什么！然后俩人便一言不发地看起书来。

坐在我们对面的是两个土里土气的男人，一老一少。虽然是早春，但寒气仍然逼人，那两人身上还穿着棉袄，棉袄很是破旧，几处大窟窿刺眼地展示在我们面前。黝黑的面庞，满是被岁月雕蚀出的皱纹，放在桌子上的手更是犹如枯木，手指甲里面满是黑泥，手指间还夹着一支刚点燃的廉价香烟。那种烟我见过，是一元一包的红色运河烟。两个人看着我们露出憨憨的笑容，明眼人一看就知道他俩是民工。

烟雾缭绕，飘到我们身边。女友轻轻地咳嗽了几声，用书扇了扇。我也是个烟民，但在女友面前却从来不抽，因为她是一个不喜欢闻到烟味儿的女孩子。

烟气被书赶得暂时散开，但马上又聚拢了回来。女友皱了皱眉头，重重地咳了几声。我想叫对面的两个民工把烟灭掉，话到嘴边却又咽了回去。

烟雾越来越多，那两个民工似乎抽得愈发起劲，几乎都变成身在"云海"中的神仙了。女友的小脾气终于爆发了，她猛地站起身来拍着桌子叫道："你们还让不让我活了？"

两个民工都一愣，脸上刚才那种逍遥自在的笑顿时消失，被愕然所代替。

我拽了拽女友的衣摆，被她猛地一瞪，只好又把手缩了回来。

"你们难道就不能把这鬼烟给掐掉？！"女友冲着两个民工喊。

那个样子老的民工忽然醒悟过来，连忙推了推同伴，两人随即把烟给掐了。老民工把车窗打开，正要把烟头扔到窗外，好像又想起了什么，又把手给缩了回来，将烟头轻轻地扔在地上，然后连忙跟我女友赔不是。只有那个年少的似乎很腼腆，红着脸一语不发。

我这时反倒有点不好意思起来，刚要说话，女友嘴里嘀咕："有现成的吸烟室找不到，真是土包子！"

少的面色一阵发白，无言地坐了下去。

我感觉女友有点过分了，忙把她拉回座位，安慰了她几句，又笑着让那两个民工不要生气。

那个老民工笑着说，是我们不对，乡下人没见识，在这里吸烟给这位姑娘添麻烦了。说完还弯了弯身子。

我刹那有点感动，心中好像有很多话要对这两个民工讲，可还是说不出来。

奔波了这么长时间,我和女友都累了,我们便想在座位上小憩一会儿。朦胧间我突然看见,那个老民工弯下身子,将刚才那没有吸完的烟头捡起,站起身来走到吸烟室,随即便是一阵烟雾腾起。

我的心里猛地一阵刺痛。

火车广播里传出列车员动听的声音,那个老民工站起身来说,我们到站了,刚才真不好意思。说完便和少的向车门走去。

他们快要下车时,我追了上去,将自己身上的一包蓝色一品梅塞到老民工的手中说:"兄弟,这个给你!"

"兄弟……?"老民工好像不相信自己的耳朵,将这两个字喃喃地在嘴里重复了一遍。

"是的,兄弟!"我诚恳地说。

老民工倏地发出爽朗的大笑:"好,兄弟,谢谢!"说完也向我手里塞了一个东西,便走下了车。

我摊开手掌一看,原来是一个红红圆圆的鸡蛋,殷红的光芒好像跳动的火焰,很灿烂动人。

女友问我哪来的鸡蛋,我说是一个朋友给我的。

漫步在杭州的街头,看着满是钢筋铁骨的高楼大厦,我的心中又有一个声音在呼喊——我的民工兄弟!

施米雅娜山上的温情绽放

2010年9月底,法国施米雅娜山区突然出现了罕见的奇景:贫瘠荒凉的山区里,很多早已死去的树木,不知道被谁涂抹上了缤纷的色彩,在一片苍凉中让人眼前一亮。就连枯死多年的老树根,也被人鬼斧神工地涂上了色彩,还绘了画。那些色彩,缤纷亮丽,各种颜色几乎都涵括了。那些图画中,大到呼啸的火车、林立的高楼、腾空的飞机,小到小小的明亮的KFC店、诱人的汉堡、琳琅的文具,还有法国总统萨科奇可爱的漫画像。

在人们的印象里,这些漂亮的色彩、美丽的图画,根本就是一夜之间冒出来的。没人知道,这幕罕见的奇景到底由谁造就。人们赞叹山区因为这些色彩而于荒凉中多了一抹靓丽。但是,赞叹归赞叹,谁也不会去关心奇景制造者是谁,因为,他们还得为贫苦的生活不停地劳作,他们还必须为多儿多女的家庭不停地忙碌。

山里的大人们对这些没有太多的关注,最多只是短暂几天的好奇。只有那些孩子,幼小的孩子们,在每天的早晨和黄昏,在这些上了色彩的树旁围成一圈,对着上面的图画评头论足。这段时间,是他们上学放学之后唯一的自由时段。尽管如此,他们也不能逗留太久,家里还有很多活儿,等着他们和家人共同承担。哪怕是再孱弱、再幼小的身躯，他们也必须有所承担。

不过，此事慢慢传出去后，却引起了社会极大的关注。社会机构在人们的兴趣和好奇的驱使下，终于探寻到这些奇景的缔造者——五十六岁的艺术家埃尔·拉法兰。

当问及埃尔·拉法兰此事时，他这样解释——

施米雅娜山区是法国经济最为落后的区域，这里经济发展滞后，交通不便。人们常年蜗居在小山村里，对外界没有丝毫的认识。落后、贫穷、蛮荒，是对这个山区最适合的概括。孩子们不知道什么是飞机，不知道什么是火车，更不知道什么叫作KFC。孩子们，似乎就是为生活而生活；孩子们的视野里，似乎除了苍凉就只有苍凉。

埃尔·拉法兰说，他给树儿涂上色彩，只是想让孩子们的眼里多一些绿色，让他们的生活里多一些乐趣，多一些关于生活、关于未来的遐想。他画那些画儿，只是想让孩子们那苍白的生活画卷上，多一些乐趣，在生活负重之外多一些本就属于孩子的快乐。

"我只能做到这些了。"五十六岁的埃尔·拉法兰说道。

如果不是亲耳听到，谁也不知道埃尔·拉法兰用了三个夜晚，打着电筒创作的奇景幕后，居然还有这样的温情绽放着——只为那些幼小孩童的心灵上，能有更多的花儿悄然盛开。

埃尔·拉法兰，这个五十六岁的老人，让施米雅娜山，即使地处蛮荒，即使再怎么荒凉贫瘠，也显得那么脉脉含情！

拉巴斯的坚守

朋友去位于南美洲中部的玻利维亚旅游,回来讲起在那里的见闻和感受,脸上并不见多少兴奋,却满是凝重与敬佩。他告诉我,玻利维亚的首府之行,使他印象极深,特别是拉巴斯的双色水晶,更让他感受到了拉巴斯人对家乡荣誉和对做人底线的坚守。

同一种晶体里,黄色紫色各占一半,这种水晶谓为"双色水晶"。同一种颜色的水晶很多地方都可以看到,但这种双色的水晶,却是玻利维亚的特产。正是因为这样,双色水晶也就成了玻利维亚的国石,显得弥足珍贵。

朋友到了拉巴斯的第三天,就听人说起双色水晶的名气来,忙不迭拉起导游,坐车奔往拉巴斯最大的水晶店淘宝。

路上,他问导游,会不会有赝品出现。导游的脸色凝重了起来,郑重地告诉朋友,拉巴斯人不会造假,双色水晶不仅仅是他们的国石,更是他们的灵魂。

没要多长时间,朋友便和导游到了水晶店。朋友很快发现,柜台里的双色水晶外表极为粗糙,色泽也极为暗淡,根本谈不上晶莹鲜艳,与导游先前口中所说有天壤之别。

　　导游看到他紧蹙的眉头，知道他心里在想的是什么，连忙向他解释，柜台里摆着的都是原品，当地人称之为"裸石"。裸石外表虽然粗糙，却能看出石头的成色和应有的价值，更方便做成满足顾客不同需求的双色水晶。

　　朋友说，难道买了之后还要加工？导游点了点头。

　　最终，他在导游的导购之下，买了两块拳头大的裸石，并随手交给了店家加工。

　　两天之后，他让导游陪他去那家水晶店，准备取回自己的东西。导游阻止了他，说现在还不行，东西肯定还没加工出来。原来，在拉巴斯，购买原品裸石，要根据裸石大小，核算加工成正品双色水晶所需要的时间，朋友买的裸石，是要四天才能加工出来的。朋友听了导游的话，表面上相信了，暗地里却背着导游偷偷来到了那家水晶店。

　　果不其然，他最终没有取到东西。店家告诉他，要想拿到货物，必须再等两天。他一听就急了，说明日上午准备回国，哪有时间等下去？朋友甚至提出，可以加倍给店家加工费，但却还是遭到了店家的拒绝。店家向他解释，无论给多少钱，该用多长时间加工也须得用多长时间加工。店家说，要不然，他们宁愿退还款项。

　　回来之后，朋友将这件事告诉了导游，语气里还充满了对店家的不满。导游告诉他，很多来到拉巴斯的游客都遇到过这样的事情。拉巴斯人视双色水晶为国石，视国石为家乡至高无上的荣誉，因此，他们在加工水晶石的时候，都有一套极为严格、高标准的操作流程，期间无论是对原石的打磨技术，还是打磨所需的时间，都是有统一规定的。这些规定任何人都打破不了，任何后门都开不得。拉巴斯人认为，自己肩上所负的不仅仅是加工水晶石的任务，更重要的是家乡的荣誉和国度的尊严。在这种神圣的职责感的驱使下，谁也不打破这种规则，哪怕加倍付给工钱也不行。

导游还说，即使店家缩短工作流程，把双色水晶给了他也没用。在拉巴斯出境的各个车站、机场，都设有专门人员负责对出境人员携带的双色水晶进行检查。若是发现有双色水晶没有达到出境标准，哪怕是退还款项，也要将不达标的水晶石原路送回。

听了导游的解说，朋友这才明白，不起眼儿的裸石之所以能够成为晶莹动人、温润鲜艳的双色水晶，靠的不仅仅是高超的加工技术，更多的是拉巴斯人的高度责任感和对国家尊严的捍卫，对国家荣誉的维护。

朋友最终还是在四天后取到了裸石打磨的双色水晶，鹅黄色淡紫色各占一半，晶莹鲜艳，光彩动人，两种色像两湾水，确实惹人喜爱。

拉巴斯人对他们的国石双色水晶的品质的坚守，是整个玻利维亚的坚守！这种坚守，不仅源于认真负责的民族性格底色，还源于对祖国荣誉的深沉的热爱。

埃菲尔的秘诀

他生于1832年,卒于1923年,他的整个人生,历经了九十一年的光阴。九十一年,相对于人类的平均寿命来说,可谓是高龄人生。但却很少有人知道,他一生创造的巨大成就,与他的年龄相比起来,显得更加伟大。

1856年,他设计并建造了著名的法国加隆河铁道桥,被法国民众誉为当时工程界的一个伟大的创造。

1869年,他一举完成了法国南部四座巨大的桥梁建筑,其中包括最著名的索尔河上索尔河高架桥,它用两座高达59米的铁塔支撑着整个桥梁结构,可以承受山谷强风。

1875年,布达佩斯火车总站由他一手操刀设计完成。

1876年,他建造了世界上最大的非悬吊式大桥——都乐河铁路桥,使用114年之久。

除了以上非凡的成就外,美国自由女神像框架结构,世界八大奇迹之一——著名的法国埃菲尔铁塔等惊世骇俗之作均出自他手。

他叫居斯塔夫·埃菲尔,二十世纪最负盛名的建筑家。他设计建造的作品，素来以质量上乘而为人称道，直至现在还仍然矗立在世界各地。那时，人们都认为，如果说由他经手设计的作品外表优美，那得归功于他精妙的设计构思；但如果说他设计的建筑在质量上如此完美，那肯定要归功于他手底下建筑公司的全体员工。那么，他手下带领的建筑员工究竟是怎样的神兵天将呢？

当埃菲尔的声名愈发为人所熟悉时，这个问题就引起了人们极大的兴趣，特别是同行竞争者，更是对其手下的建筑大军的来历背景尤为关注，进行了无数次的刺探。但刺探得出的结果却令所有人大吃一惊，埃菲尔手下所谓的神兵，竟全都是未经专业机构培训过的一些"游击队"！

更令人称奇的是，在当时法国建筑业界对国内所有建筑公司所做的声誉评比中，众多专业的建筑公司都沦落下风，而埃菲尔的建筑公司始终傲居榜首。这不得不让人深思：埃菲尔究竟有何秘诀，能让这帮"游击队"在他的带领下屡建奇功？这个答案，一直过了很久才被揭晓。

埃菲尔告诉人们，每年他都要抽出专门的时间，带领手下的员工去那些由他们自己设计建造的伟大作品面前参观一番。而且，他会自己出钱或动用关系，让员工们在那些自己挥洒过汗水，倾注了无数心血的建筑里美美地住上几日。埃菲尔解释，这就是凡是他们公司的作品都能以质量上乘而鼎立于世的原因。

但是，人们显然不相信埃菲尔如此不着边际的解释。难道参观一下、住上几日就能创造出那么多鬼斧神工的伟大作品？

埃菲尔长叹一声："其实，我之所以让员工们经常到自己设计建造的建筑物那里，其根本原因是想让他们实实在在地感受到建造伟大作品背后的成就感，且让他们明白，这些伟大的建筑的建成并非我一个人的功劳，而是他们共同用心血、汗水缔造而成的。这样，他们会努力建造好的建筑，不会让自己的心血白费，且会在以后的日子里，做得比昨天更努力。"

原来，埃菲尔带领手下并无什么高深的秘诀，他的过人之处，就在于他懂得尊重每一个人的劳动成果，捍卫每一个人内心的成就感。其实，无论从事什么职业，外在的力量，往往来源于心灵感到的荣誉；精神上的强大动力，往往来自于心灵上的满足。

我爱玉米,也爱大豆

五六岁的时候,淘气的他,喜欢拿着玩具在新买的大房子的花园里到处乱挖,不为求得什么。他甚至,把父亲位于内布拉斯加州奥马哈的后院变成了一片玉米地。而满头大汗的他,则卧在土地上,狡黠又不乏热爱地看着自己的杰作。

从那时起,出身显赫的他,仿佛就与外人看起来很低等的农业结下了不解之缘。

时光荏苒。从三所大学里辍学的他,在莫桑比克偶然和一名农民聊天时,发现辛勤劳作的农民丰收时的喜悦,是那么本真和动人。那一刻,他的心猛地被触动了。他把他的双手,又深深地放在泥土里。

"我热爱土地,只有土地才会实现我的自身价值。我要和全世界的农民一样,时刻关注这片深情的土地。"他拒绝进入父亲庞大的商业财富帝国时,深情地如是说。

在他确定了自己的农夫的职业道路之后,无奈的父亲,只好尊重他的选择——送给他一块土地,让他拥有自己的农场。

有了农场的他,开始悉心认真经营,且按月将土地的租金如数交给父亲。"我不想醉生梦死地活在父亲的财富帝国里,我更想去深爱广袤的土地上和在土地上耕作的农民一起工作。"他始终这样说。

若干年后,聪明且执着的他的农场,经营业绩蒸蒸日上,为他积累了大量的财富。

美国一家调查名人净资产的著名网站Celebrity Net Worth介绍,他在农场领域的净资产为两亿美金,不涵盖他的家族财富。除此之外,他在慈善和摄影领域都有涉猎。

他在环境和野生动物保护等领域,出版了六本书籍,发表了不计其数的文章,并在《华尔街日报》和《华盛顿邮报》上都有自己的专栏。

他不时前往世界各地去拍摄关于保护生物多样性的纪录片,并给贫困地区的人们提供足够的资源来满足他们的基本生存需要。联合国世界粮食计划署对他的这些行为大加赞扬。

刚刚获得父亲的10亿美元基金时,他就立即投入到拯救印度豹的行列中,且利用这批资金建立了一个印度豹保护基地。

他与盖茨基金合作研究抗旱玉米,帮助非洲农民解决温饱问题,还在加纳北部投资160万美元训练当地农民的土壤管理技术。在中美洲,他又投资2000万美元,来改善当地的农作物种植和收割技术。

他是一位活跃而且事必躬亲的慈善家:他是联合国旗下世界粮食计划署(WFP)大使,一年至少访问20个国家。他极尽专注于世界饥饿,一年大约花5000万美金在有关项目上,例如埃塞俄比亚的温饱项目和阿富汗的农业技术教育项目。

2012年,美国哥伦比亚广播公司的王牌节目《60分钟》请来了两位座上宾——他,还有被誉为"世界股神"的巴菲特——他的父亲。

面对全世界的观众,巴菲特透露,已经选定他,这个长子,作为自己的接班人。

而他并没有欣喜若狂,只是平静地点点头,说:"只要不妨碍我继续种植玉米和大豆,我想接受这个任务没有问题。"

作为世界股神巴菲特的长子,五十六岁的他,霍华德·巴菲特,无论地位还是财富,都已经远远超越了农夫这个职业,可为何还心系土地,挂念着他的玉米和大豆?

面对很多人的不理解,霍华德·巴菲特没有说出什么慷慨激昂的豪言壮语,亦没有说什么冠冕堂皇的大道理。他稍微想了几秒钟,淡然回答——

"有一点我一直没有改变——我爱玉米,也爱大豆!"一直致力于慈善,关注土地,关注苦难农民的霍华德·巴菲特如是说。

"我爱玉米,也爱大豆!"这句平淡的话,应该是一个世界首富的长子,一个抛却个人荣誉和财富的慈善家,关于追求人生境界,追求人生真正的价值上,最壮美的箴言吧。

不　想　老

小区里有个卖菜的女人，我们都称她为华姐。

华姐，来自农村，丈夫在城里蹬人力三轮车，平时夫妻聚少离多。华姐在乡下待得也无聊，索性在县城小区里租了一间大车库，卖些农副产品，一来可以和丈夫常聚在一起，二来也找了一份好营生，贴补家用。

华姐年龄大概在五十上下，按照通常情况，这样年龄的女人，如果经济不是很富足，鲜少有脸上涂脂抹粉，穿着时髦洋气的，而华姐，在这样一个年龄，都有两个儿子了，在脏乱差的车库里卖菜，却整天硬要将自己打扮得像朵花一样。很多瞧着华姐人热情而且菜干净而来买菜的人，时常会装作无意地打趣她是个"卖菜西施"。华姐也不生气，只是笑笑，便继续低头看她的秤。

有一天，我去她的店里买西红柿，看着水灵灵的西红柿干干净净，煞是喜人，我不由称赞，比超市里真空包装的成色还要好。华姐笑笑，说她卖的菜都是无农药的，绝对新鲜又干净。

趁着这个空，我很认真地对华姐说："您都五十左右的人了，这个年龄很少有您这么爱美的。我那老妈呀，让她打扮打扮，她就一个劲儿地推托。要像您这样多好！"

华姐将西红柿装好，理了一下额头的发髻，笑说："我不想老！"

我没想到华姐就给我这么一个简单的解释。

不想老！一个多么简单质朴却又极具人生哲理的回答！

很多人面对容颜衰老、年华老去时，心生惧怕，畏老怕老，但却每每做出一副对生老病死这种自然规律的坦然，一种对年华逝去、容颜憔悴的潇洒。我唯见华姐这般——不矫揉，不做作，是为坦荡；不遮蔽，不掩盖，是为自然。

想起了我六岁的儿子，在刚上一年级得到第一朵红花时，满世界地飞来飞去，指着胸前的红花大肆炫耀，俨然一个凯旋的将军。那种不惧人言、不畏人讥的真性情，那么可爱、坦率。

钟爱华姐的那种回答——不想老！三个字，简单自然，无须太多修饰伪作，却能开出一朵最本真的花！

丢了一元钱

星期天,带着妻儿惬意地坐在公共汽车上。看惯了城市中的钢筋铁骨,我们不禁沉浸在窗外的郊区美景中。

途中,一个拎着蛇皮袋的老人上了车。这是怎样的一个老人呵!满脸是无情岁月残酷勾勒出的千沟万壑,一双老眼里除了眸子还有点亮意,其余只剩下了浑浊。一双如枯树枝般的手紧紧抓住扶手,像是一个年幼的孩童紧紧抓住大人的手。车内这时氤氲着一股怪怪的味道,味道的源头一定是那个蛇皮袋,因为老人上车前车内还没有这种味道。

老人问去陈家堡要多少钱。

漂亮的女售票员看着老人身边的蛇皮袋,蹙着眉头,口中冷冰冰地蹦出了两个字:"三元!"

老人在口袋里摸了好一阵子,这才将一只黑黑的手颤巍巍伸向售票员,说:"只有两元了,你看……"

"两元怎么坐车?你以为我这是慈善专车啊?还得再交一元钱!"售票员伸出一只纯白如雪的皓腕接过了两元钱,那一黑一白的瞬间接触在当时的我看来很是惊心动魄。

老人红着脸说:"明明口袋里有三元钱,可不知道怎么丢了一元钱。"

女售票员鼻腔里嗤的一声:"像你这种人我见多了,没钱坐车还死要什么面子?什么丢了一元钱,骗小孩子呢!不行,不交剩下的一元钱就得下车。"

老人的老脸突然一阵死灰色,腮部的肌肉剧烈抖动了几下,说:"要不我不坐这车了,你把两元钱退给我让我下车吧。"

"退钱?"售票员仿佛听到了天底下最好笑的笑话,"这车已经走了一阵子,下车可以,退钱,没门!"

老人被她这话噎得顿时无语。

妻子这时在旁边看不过去了,从口袋里摸出了一个一元硬币,轻轻递给了女售票员,说是替老人付那剩下的一元钱。

女售票员赶紧接过那一元钱,对老人说:"我们这跑车的也不容易,每一元钱都是辛辛苦苦用血汗挣来的。你看,要不是遇到好人,我看你这车也是坐不成了。"老人向妻子投了一个感激的眼神。

女售票员说完,正要将那一元钱放在包内,一个不留神,硬币突然从手中滑落,顺着车门的缝隙滚下了车。

老人大呼:"钱,钱,一元钱丢了!快停车啊!"

"喊什么喊啊!"女售票员一脸怒气,"有什么大不了的?还捡什么捡?不就是丢了一元钱嘛!"

我愕然地看着妻子,只见妻子这时也一语不发地看着我。

总有一种泪为你而落

中央电视台"关爱农村母婴行动"在重庆拉开帷幕,凭借电视剧《乔家大院》红遍大江南北的女星蒋勤勤担任了这次行动的温暖大使。巧合的是,她正是重庆籍人。

作为一个重庆土生土长的明星,蒋勤勤对此次家乡之行充满了特殊的情感。那天,她首先要去的地方是重庆璧山县的一个村落,那里有在大暴雨中受灾的三户母婴家庭。由于大暴雨刚过去没多久,本来路况就很差的山路,此时显得更加泥泞不堪了,蒋勤勤脚上的一双白色凉鞋,刚上路就被泥水灌满。央视的工作人员担心鞋子弄脏,会有损蒋勤勤的出镜形象,建议蒋勤勤换鞋,但被蒋勤勤一口回绝:"我是来看村民的,鞋脏了是理所当然的。"

蒋勤勤在三户母婴灾民家中,为他们送上了价值数千元的奶粉、米粉等物品,并不停地向他们传授育儿经验。在所有受灾的母婴中,有一个叫冉宇航的婴儿,格外引起了蒋勤勤的注意。当小宇航的奶奶捧着一碗用米做的清水羹喂他时,蒋勤勤突然泪如泉涌,连声说:"他会好的,一定会好的。一定要让他吃比米羹营养更丰富的奶粉,我带来的足够他吃半年了。"这时，蒋勤勤的普通话因为激动而变成了重庆话。谁也没想到，蒋勤勤竟然会泪流不止。

在场的工作人员突然注意到，当地的居民因为蒋勤勤的落泪，每个人的眼里也都汪满了泪水。他们知道，蒋勤勤带来的不仅仅是奶粉、米粉，更多是对他们真挚的爱呀！爱，从蒋勤勤落下的泪中足以体现出来。当地的一个居民曾说："那天最让我们感动的不是物品，而是勤勤的泪水。以前，从来没看到有人为我们而落过泪。"

无独有偶，我的一个朋友从福建回来，告诉我，他在福建闯了一次鬼门关。我问是怎么回事，朋友给我讲了一个故事。

朋友在福建经商已经有好几年，一直都很顺利。但，这一次，他栽在了他最好的朋友的手里。他的朋友骗走了他所有的钱，让他一下子赔得血本无归。当时的他，一下子就蒙了。他向以前经常打交道的人借钱，准备东山再起，然而，曾经和他称兄道弟的哥们儿都一一拒绝了他。他顿时心灰意冷，那颗本就受伤的心顿时陷入了绝望之中。他，终于想到了死。

那天，他在准备走向死亡的途中，突然听到有人喊："有人落水了，救人呀！"他循着声音飞奔过去，只见一个女子在湖中时浮时沉，双手不断地拍打着水面。他注意到，岸上有很多人在围观，但没一个下水救人。这时，水中的女子已经筋疲力尽，慢慢地沉入了水中。

正当众人惊呼的时候，远处跑来两个民工模样的人，他们赤裸着上身跃入了水中。没过多久，落水的女孩就被救上了岸。其中的一个民工赶紧帮女孩做腿脚舒展运动，另一个连忙为女孩做人工呼吸，希望能救活她。尽管他们在不停忙活，无奈，女孩最终还是没有丝毫的动静。经过随后而来的医生诊断，女孩已经死了。可惜，一朵正值绚烂青春的花就这样早早凋零了。

朋友看到，其中的一个民工听到医生对女孩的死亡判定时，突然向围观的人群吼道："为什么不早点叫我？为什么不早点叫我？"说完，猛地将已经死了的女孩子紧紧地拥入怀中，倏地大哭出声，泪水如雨般洒落。旁边的人们突然打了一个寒战，纷纷后退了几步。

朋友被这个民工深深地震撼了，他的脸上也满是泪水。一个与死者素不相识的民工，竟然为她的死而大哭出声！这种泪，是真感情、真人性、真善良的体现！他忽然想到，这世界上即使有冷漠、自私和无知，但，总还有一个人为另一个人而落泪，哪怕他们素未谋面！

那天，朋友放弃了自杀的念头，从福建回到了家乡。

我对朋友说："女孩的死让你明白了生命的重要，是她救了你。""不，是那个民工的眼泪救了我。"朋友断然否定了我，"你不在现场，根本就不了解，那个民工，他落泪时的眼神让我一生都难以忘记，他大哭的声音让每个人都为之震撼。"朋友看着我，深情地说。

记得有人说过，关爱一个人，就给他最美最真的笑容。然而，不可否认的是，也总有一种泪，因为爱为你而落。

我们是曾经熟悉过的路人

去广州的火车上,我的目光,被对面那个手捧书本的男人吸引住了。

现在这个社会,物欲横流,节奏快,生活忙,能看到随身携带一卷书香的人,仿佛已经成了一件很奢侈的事情。而在长达十几个小时的火车行程里,对面能有一个儒雅的爱书者,不可不谓是一种幸运。

问他职业,他说是专业码字的,算是一个全职撰稿人吧,还是国内某著名杂志的签约作者。听他说了,我才释然:怪不得如此爱读书,原来是一个爱好写作的人。毕竟,一个成熟的作者,必须得先是一个成熟的读者。

当他得知我也是一个文字爱好者的时候,也表示出了稍稍的诧异,便放下书本,和我们面对面地聊了起来。这一聊,立即变得一发不可收拾。我们从平时码字的风格类型、选材的角度、期刊的用稿风格等,一直聊到了生活家常。总之,似乎彼此都把对方当成了难得的知音。

他的终点是九江,快要下车时,我向他要联系方式,说以后要常保持联系。他笑着问我,为什么要他的联系方式?这下,轮到我一愣了——萍水相逢,难得投机,互留联系方式不是很正常的事情吗?

"不,"他否定了我的想法,说,"人海茫茫,我们难得在火车上相遇,这就是缘分。相逢,既然投缘,就更是一种美好。这种美好,日后想来,也是一种甜甜的念想。若是互留联系方式,常聊常往,终有一日会打破这种美好。因为金无足赤,人无完人,聊得深了,认识得久了,人的劣性、缺点、不足,就会聚沙成塔,一点一点地暴露出来。这,难道不是在破坏这份来之不易的美好吗?"

他这样总结:很多时候,偶然机缘也好,命中注定也罢,知音固然难求,但彼此能做曾经熟悉过的陌生人,这更好。毕竟,人活一世,难得能将一份美好永驻心间,不受尘世喧嚣打扰,不被外界风雨所侵扰。

我释然,且敬佩他的这份人生见解。的确,生活之中,固然有许多美好源于常来常往,但却也有诸多美好,因为了解的逐步深入,而被慢慢地吞噬。所以,"我们是彼此曾经熟悉过的路人",这句话,美好且深具禅意!

第三辑

我还没有对她表示恭喜,旁边人就挑好了一本书,"来啦——"她一声长应,满是阳光。这个女人,这样一种面对生活的姿态,让她无论何时何地遇到什么困难,都能让生命显得从来不卑微。

翠花,也是一朵花,也有开放的理由,谁也阻止不了。

翠花也有开放的理由

女人的名字很土气，叫翠花。带着女儿靠卖书为生，在这个小城的环城河边。

女人老是喜欢穿红色的衣服，上面带着朵朵小白花，格外醒目。护城河的水很绿，像一块长长的翡翠，女人在一大片绿面前，就是一朵花，静静地开着，很美。

女人卖的书的价格很公道，同样一本书，往往要比别人便宜一块钱，大家都喜欢到她这里转转。时间长了，大伙儿就叫她翠花了，看好一本书，不需要谈价格，随口就叫女人给装上。这时，女人也便脆生生地回答："好嘞！"那声音，简直就是青山上的阿妹唱出的情歌，直让人心头暖洋洋的。

女人不仅卖书，还喜欢写写画画。我每次去买书时，她总是拿出专门的写作的小本子，双手捧着，小心翼翼，递到我的手上，要我帮她看看。嘴里还说："你的文章，我很喜欢看哩。"我不屑，一个小女人，卖书就卖呗，还懂欣赏文章？再说了，她的文字实在不敢恭维。我也就总是淡淡地抛了一句："自己再改改吧！"女人赶忙应了一声，迅速地拿回小本子。

我站起身来，走到不远处，有时回头一看，女人坐在地上，瘦瘦的，小小的，看着小本子，挺仔细的。我突然觉得，女人很幼稚。

小城里的人说，女人是外地人，小时候，父亲就去世了，母亲随别人而走，丢下了孤零零的她。有好心人，看她可怜，便收留了她，一直抚养到她出嫁。婚后的生活虽不富裕，但惬意，女儿很可爱，丈夫也疼她。那时的女人，就好像童话里的小公主，活得很幸福。可好景不长，丈夫生意做得大了，在外面有了别人，就不要她了，连同女儿一并抛弃。很多人都劝她死赖着男人，她没听，只是幽幽地说："天要下雨，娘要嫁人，留也留不住啊！"

离婚后，女人卖起了水果。每天起早摸黑的，从百里之外的邻县批发，再拉到小城的城北，赚不了几个钱。再加上各种成本费用，女人撑不住了。再后来，女人带着女儿，来到了环城河边卖书。这里，靠近小城最大的中学，书要好卖一点。

我突然有点同情女人，觉得她很不容易。一个人带着女儿，没有固定工作，就靠卖书维持生活，其实这也是一种活着的勇气。我劝女人："你不要再写那些东西了，真的不行！"女人的脸一红："我写着玩，发不发表无所谓。"我看着女人瘦削的脸颊，想说她一个人带着女儿过日子很不容易，还是专心卖书要好一点。但我怕伤了她的心，话到嘴边没敢说出口。女人看着我，笑着说："你是不是笑我太自大了？"我被她看穿了，连忙说不。

这时，一个小女孩闯进了我的视线，她背着一个带有米老鼠图案的小书包，像花蝴蝶，翩翩飞到了女人的身旁。小女孩问她今天又写了什么，女人说："很多啊，你要不要看看啊？"小女孩应了一声，接过女人递过来的小本子，跑到了旁边的一棵树下，静静地看了起来。

女人说，起初也有很多人劝她专心卖书，但写点东西又有什么不好呢？这对卖书丝毫没有影响。女人说到这里，叹了一口气："其实我很想写点东西出来，最好能见报，这样，女儿便会觉得妈妈真的有本事啦。你知道吗？我答应过她，一定要让她看到妈妈写的文章。"她说话时，不时看看女儿，目光里都是温柔。

我问："写到今天，有文章发表吗？"女人说没，继而羞涩一笑，似初春的花蕾，欲绽还休。她又看了看女儿，继续说："但我想，迟早会见报的，一定的。"

女人脸上充满坚毅，我突然感到自己在这个女人面前慢慢变小，甚至马上要消失。诚如女人所说，她的文章会见报的，我相信。

过了很长时间，我也没听说女人有文章发表。但每次经过她的小书摊，还是看到绿绿的河水前，她依然如花，灿烂地站在那里，招呼着每一个前来看书的人，待面前冷清了，就坐下，掏出小本子，写起来。

直到有一天，我在市报上看到一篇文章，文字好清新，像雨后的空气，淡淡的，又带着泥土的芬芳。文章作者署名"翠花"。这个名字实在是土，很少有人用它为笔名，我猜是不是她。去问她，她羞羞地说是。

我还没有对她表示恭喜，旁边人就挑好了一本书，"来啦——"她一声长应，满是阳光。这个女人，这样一种面对生活的姿态，让她无论何时何地遇到什么困难，都能让生命显得从来不卑微。

翠花，也是一朵花，也有开放的理由，谁也阻止不了。

企鹅只转十二圈

八年前，朋友开始涉足化妆品销售行业，短短几年时间，就组建了上千人的销售团队，生意是风生水起。迄今，朋友已经积累了数千万的财富，并且真正实现了她一直追求着的财务自由的梦想。

有了数千万的财富积累，她还买断了小城里公交线路的租用权，并且又投资了一家上档次、上规模的超市，小日子过得有滋有味的，在小城里也俨然成为数得上名号的人物。

近年来，小城不断变大，房地产生意越来让人眼红。这块大蛋糕，谁都想上去分得一块。有人邀她投资房地产生意，说保证她能挣大钱，她却想都没想，就婉言拒绝了。她说，现在的日子已经过得很好了，也不想再发太多的财。再说了，她也没那么多精力去做其他的事情。尽管，她知道按照当时的县城发展情况，投资房地产确实很热门。

朋友信奉的是，不要因为追求太多的财富而去做超出自己能力范围内的事，或者浪费掉自己太多的精力。生活，快乐着就好，得知足。更何况，任何生意都有风险。

有一个做教师的文友，文章写得很不错，全国各大期刊上都屡屡出现过他的名字。谁都认为，他在写作上只要有所计划，并且能一一落实，就一定能取得巨大成就，比当老师拿那点工资强多了。可现实是，文友不以为然，没有给自己定下类似一月写多少篇文章的计划，还是率性而为，想到哪里就写到哪里。更多的时间里，文友会教教书，改改作业，带着妻儿去公园散散步，陪父母聊聊天……

文友说自己就那点水平，写不出什么大成就来。其实很少有人知道，文友写稿的目的真的是为了身心的愉悦、情操的陶冶，并非他人所认为的图稿费。更何况，文友次日要教书授课，哪有精力去熬夜赶稿？说不定还会得个腰肌劳损或者椎间盘突出。

还有一个中年丧偶的女人，在织布厂里打着零工，辛辛苦苦拉扯着孩子读书。有好心人给她找了好几份兼职工作，也被她一一谢绝了。她说，自己身体不好，穷就穷着点吧，还得留着命等着儿子考大学、娶媳妇，等着抱孙子呢。

北极有一种企鹅，每当它们兴奋时，就会群聚跳舞。说是舞蹈，其实就是在一起转圈。有考察队细心地发现，无论企鹅高兴到什么程度，它们最多只转十二圈。研究发现，这种企鹅，它们的转圈，会给身体带来一定的负荷，转到十二圈的时候，身体负荷接近了承受不了的程度。企鹅也知道，所以，转到十二圈停下来，是为了以后的生活里遇到其他的快乐还能继续跳舞。

企鹅只转十二圈，人也应该这样。在漫漫人生路上，知道什么叫适可而止，才是硬道理；明白什么叫量力而行，方为大智；知晓什么是急流勇退，才是大悟。

眼前一盏灯

他近来做什么都不顺，多天走不出失败的阴影。

一个晚上，父亲拍拍他的肩膀，笑着说："有没有兴趣和我到野外去转转？"天都黑了，去野外干什么？他随便应了一声。

田野挺黑，只有远处的灯光，穿过大气，隐隐散落在这里。父亲深深呼吸了一口新鲜的空气，说："我们父子俩来个比赛好吗？"

他心不在焉地问："什么比赛？"

父亲用手电指向远处的一根电线杆，说："我们同一时间出发，以电线杆为目标。到达的时候，看谁一路留下的脚印最直。"

儿子来了兴趣。父亲身强力壮，自己与他比速度可能没有胜算，但若是比谁走得直，自己一定是稳操胜券了。他马上说："好啊！"说完就要向那根电线杆奔去。

父亲拦住了他："别急，我还没发令呢。比赛还有规矩哩——我们得倒着走才行。"

儿子倒吸了一口气，本来就很黑，更何况要倒着走？但转念一想，两人都是倒着走，自己年轻，眼力好，倒着走倒也不吃亏，于是就答应了。

父亲将开着的电筒,轻轻放在一处空地上,一声令下,他们转过身体,倒着向那根电线杆走去。

父亲走得很快,一会儿便到达了目标。而儿子,看着脚下的地面,每一步都小心翼翼,比父亲落后了几分钟,也到达了目标。

父亲问儿子:"你猜我们谁赢了?"

儿子笑了:"当然是我赢了。"黑暗中,父亲走得那么快,而自己一步一步,脚踏实地,怎么有可能输呢?

父亲跑回去拿起电筒,顺着他们刚走过的路照去。电筒的光线很强,地面上,两排清晰的脚印伸向远方。儿子向脚印看去,不由呆住了。父亲留下的脚印,一路笔直,竟然像用直线标出来似的,而自己的,歪歪扭扭,毫无章法。

儿子不解,满脸疑惑地看着父亲。

父亲叹道:"我将一直亮着的手电筒放在空地上,那个位置,与电线杆正好成一条直线。我转过身来,正好面对手电筒光,我只需看着灯光,沿着光射出的直线走就好了。这样,我自然先你而到,并且能保持脚印丝毫不乱。而你,步步为营,小心翼翼,只顾看着脚下的地面,忽略了真正的目标,又怎么能赢我呢?天再黑,人再背,眼前有一盏灯就好啊。"父亲意味深长地看着儿子。

儿子恍然大悟,长久无言,为父亲刻意安排的这场比赛而感动。

生活中,其实每个人的心里,都有一盏灯。不论遇到怎样的挫折和黑暗,重要的是,信念不可被磨灭。转过身去,换个想法,天再黑,人再背,眼前有一盏灯就好

给自己一把扇子

诸葛亮拜访黄承彦之时,双方谈话甚为投机。诸葛亮与黄承彦就天下形势谈到兴处时,手舞足蹈,纵横开阖,指点江山;谈到不如意时,微露不快,满面忧色,长吁短叹。天下大事谈毕,诸葛亮又于含蓄中对黄承彦表达了对其女儿阿丑的爱慕之心。黄承彦笑笑不语,只是在临走的时候让女儿阿丑送送诸葛亮。

阿丑陪诸葛亮行至屋外,从怀间掏出一物赠予诸葛亮。诸葛亮接过扇子定睛一看,原来是一把色彩各异的羽毛做成的扇子。阿丑问他,诸葛先生,你知道我送你这把扇子是什么用意?

诸葛亮马上回答,此物礼轻情意重。阿丑说,这算答案之一吧,诸葛先生可知我还有其他的用意?诸葛亮细想之下,无从答起,说愿闻其详。阿丑微微一笑,轻声说:"诸葛先生,你刚才跟家父在那里畅谈天下大事,我就在旁边观看了一下。你提到刘备先生请你出山,顿时眉飞色舞;讲到你胸怀大计,立刻器宇轩昂。但是诸葛先生,我发现你每次一讲到曹操,就眉头深锁;一讲到孙权,就忧心忡忡。大丈夫做事情,无论得与失,总要沉得住气才行。像你这样总将个人悲欢得失挂在脸上,将个人内心所想表现在外人面前，若是将来治国安邦之时，还未一展宏图，就将满腹心思展于外人之前，又何谈'修身，齐家，治国，平天下'？我送你的这把扇子是给你用来遮面的，希望你能将心中所想适当内敛，得能勿轻喜，失亦勿过悲。"

诸葛亮听完阿丑的话，细想之下，觉得很有道理。所以，从此以后，《三国演义》中诸葛亮每次出场的时候，总是头戴纶巾，手持羽扇。

熙攘世界之中，我们总是因为一时的得而手舞足蹈、得意忘形，因为一时的失去而悲恸万分、沉沦不已。其实我们更需要的是在获得时"不以物喜"，这是一种平淡视之的境界；在失去时"不以己悲"，这是一种豁达大度的品格。

生活犹如大海，人在其中沉浮不定，个人的得与失总是难免。人生在世不会只得不失，更不会会只失不得。在心灵承受人世间悲与喜、得与失的时候，不妨给自己一把遮面的扇子，驱走得带来的得意忘形，失带来的浮躁不安，为心灵弥补一份静谧和安宁。

得 失 之 间

有一青年，五岁丧父，九岁丧母。落寞、孤独的他在亲朋的资助下，勤奋好学，一路叱咤，终于大学毕业，并且一头扎进了商海。他本以为，凭自己的专业知识，一定能够在商场之中睥睨众人，笑傲群雄。可事与愿违，年轻识浅的他根本不是久经沙场的老将们的对手，最终败走麦城。

他去应聘高管，却屡吃闭门羹——人家嫌他光有学历，没有经验；他去打杂，却连洗碗工的工作都寻不到——人家嫌他不是做下等活的料。一时之间，前程往事涌上心头，他不明白，为什么自己的人生全都是失去——父亲、母亲，这些至亲的人都离他而去，而现在，就连社会也冷漠地拒他于千里之外。到底，他的人生字典中什么时候才能有"得到"二字？

郁郁寡欢的他，去了山上寻找尘云大师，期高人能打开他的心结。如果连尘云大师也不能解他之惑，他在心底暗暗写下的"死"字也许便是他最终的抉择。

尘云大师听完他一番叙说，慈眉微扬，一双洞悉一切的眼睛朝他望了望，道了声："跟我来。"

他们来到位于海边的一座悬崖上。尘云大师只是和他聊海景,谈天色,闭口不谈解惑之事。青年忍不住提及,大师微微一笑,从怀中拿出一个精致玲珑的玉镯,说是祖传宝物,让青年把玩欣赏。拿回来的时候,大师刚待藏入怀中,却一个拿捏不稳,玉镯脱手坠下悬崖,落入海中。青年一声惊叫,大师却无动于衷,只是默然领着青年回去,仿佛玉镯从未掉下。

从崖上回到寺中,尘云大师却突然惊叫出口,说是佛珠掉了一粒,然后便急着回头寻找。青年心中暗道:"一粒佛珠才价值几何?况且一路上乱石众多,加之杂草丛生,要想寻得一粒佛珠又谈何容易?"

尘云大师却坚持己见,一直待暮色初上时,才将佛珠寻到。青年问他:"玉镯乃祖传宝物,为何丢之不疼?区区一粒佛珠寺庙里多的是,却何又苦苦苦寻找?"

尘云大师道:"玉镯入海,海深不可测,明知寻之不得,希望等于绝望,就算扼腕叹息、跺脚心疼又有何用?佛珠是途中所丢,找到的希望虽小,却还不等于绝望,又为何不去寻找?"尘云大师宣了声佛号,看着青年道:"明知失去不可得,而不去空自扼腕叹息、埋怨愤恨,这便是得;明知失去尚可得,却因为希望微小而放弃寻找,这才是真正的失去呀!"

大师的一席话使青年如醍醐灌顶,顿时恍然大悟,脸上愁云尽散,心中阴霾全去。青年心结打开之际,却猛然想到一个问题:"大师苦心点化,我感激万分,可是,您为了解我心头谜团,一粒佛珠即使不谈,以祖传玉镯为代价,大师不觉得这有点划不来吗?大师不觉得这也是一种失去吗?"

尘云大师倏地发出朗朗笑声,高声曰:"可我却拯救了一颗迷惑的心灵呀!"

人生需要一个容器

一懒人整天抱怨上天没让他出生在豪门之家,愤怒于大千世界没给他一席发财之地,甚至痛恨财运之神偏心,一直没让他发大财。绝望之下,懒人想尽一切办法,找到了静云山上的紫阳大师,将内心的不满一股脑儿全倒给了智者,期望他能给自己指明一条迅速发财致富的道路,越快发财致富越好。

紫阳大师听完他喋喋不休的抱怨之后,平静一笑说:"这个很简单,我可以告诉你发财致富的道路。"

懒人大喜,忙伏地作膜拜状,且一脸虔诚地等着智者的答案。

"多一些辛勤汗水,少一些怨天尤人;多一些坚定,少一些懒惰;多一些智慧,少一些贪欲;……"

"不不不,我不想听这些大道理,"懒人迫不及待打断了紫阳大师的话,"你只要告诉我,什么办法能快速致富,最好是立即、马上。"

紫阳大师长叹一声:"唉!我可以告诉你发财致富之道,却实在没有快速致富,特别是立即致富的答案呀。"智者看懒人一脸失望,微微一笑,"不过,我可以满足你的一个愿望,只能是一个。"

懒人大喜过望，脱口而出："我要全世界的钱现在就全都属于我。"

懒人话音刚落，紫阳大师点了点头，念了声佛号，只见大把大把的钱突然从天而降，铺天盖地往懒人身上砸去。

懒人的愿望实现了。但是，懒人却被大把大把的钱砸死了。

看着压在身上数也数不清的钱，懒人临死前气若游丝地说："原来，即使能拥有再多的财富，也还得要一个能够接下的容器。"

紫阳大师长叹曰："世间万物，凡欲所求，即使再多的财富，也必辛勤拼搏、脚踏实地铸就的容器，方能容纳下。"

低处的快乐

　　一人经过十几年的努力打拼，终于成为一名富商。但他成功之后却感到内心孤苦，虽然坐拥千万财富，住洋房，开豪车，但始终感觉不到任何快乐。以前共患难的朋友似乎与他若即若离，再也没有了往日的亲密，就连他的家人看他也冷冷淡淡的。富商很苦恼，自己每天都忙里往外为事业打拼，为伙伴谋福利，为家人谋幸福，忙得连饭都顾不上吃，家都很少回，为什么情况会变成这样呢？

　　无奈之下，富商上山找到雷音禅师，寻求解惑之道。

　　雷音禅师静静听完富商的叙说，微微一笑："施主可以先与我下山共走一遭，看能否寻得答案。"

　　他们到山脚下的一个小集市上，看到商者以从业为乐，买者以讨价还价为乐，贫者以家人相聚为天伦之乐，乞者以得施舍而能安稳度一日为乐……

　　他们又从集市返回，来到山顶之上。雷音禅师指着山脚方向笑问富商："山下有集市吗？"富商想都没想就答："当然有。我们刚从集市返回，这还用问吗。"

雷音禅师淡淡一笑："那集市上的人快乐吗？"

富商稍微想了一下，答道："他们虽然物质上不如我富足，地位不如我高，但我感觉到他们的精神上远远比我快乐得多。"

雷音禅师点了点头，笑着又指向山脚方向问："集市存在，集市上人们的快乐也存在。可现在在山顶上，你还能看到集市吗？你还能看到他们脸上的快乐吗？"

"山这么高，我们站在山顶上哪能看到集市，又如何能看到那些人的快乐？"富商一脸不屑。

雷音禅师道了声佛号，笑着点了点头看着富商。富商突然若有所悟："大师……"

"施主，你说得对呀。山下集市存在，人的快乐存在，只是因为站得高了，就看不到了。"雷音禅师拍了拍富商的肩膀劝他，"有些快乐，还得放低姿态，去低处寻找吧。"

原来，很多快乐其实就在我们身边。有时候，我们将自己放得太高，就会对那些原本就在我们身边而伸手可得的快乐视而不见。

腔棘鱼的悲壮求生

腔棘鱼又被称为"空脊鱼",因其脊柱中空而得名。它常年生活在深邃的海洋底下,从不轻易露出水面,因此人们很难捕捉到它。

腔棘鱼到底什么时候出现,这无从考证,但人们知道,它在距今约6500万年前就慢慢减少,迄今更是踪迹难寻,是世界上最古老的鱼类之一。直到1938年,有人在非洲南部的科摩罗群岛附近捕到一条可以当"活化石"的鱼,多方研究后认定,它就极其珍贵的腔棘鱼。因为地球上的腔棘鱼数量已很少,所以它被当成了"活化石"来研究,引起了世界性的瞩目。

在研究过程中,人们发现了一个极为奇怪的现象。腔棘鱼性嗜静,害怕喧闹,所以常年生活在一个极为安静的角落,而这个安静的角落就是一万米深的海底。众所周知,人类入海从某种程度上来说比登天还难。在水中,深度每增加十米,压力就要增加一个大气压。也就是说,一万米深的海底,压力将达到一千个大气压。如此环境下,不要说是血肉之躯的人,即使是普通的钢筋也会被压得粉碎。另外,太阳光进入海水中很快就会被吸收,一百米深处的光能只有海洋表面的百分之一。一万米之处,其寒冷、黑暗的程度就可想而知了。然而，就是这样一种恶劣的条件下，脊柱中空的弱小的腔棘鱼却神话般地活了下来。对此现象，人们百思不得其解。

后来，世界各国科学家经过反复研究，终于解开了这个谜。

原来，腔棘鱼是总鳍类鱼的一种，因为起初对海中的环境不适应，它的祖先曾经凭借自身强壮的鳍登上过陆地，但饱受原始人类的捕捉和动物的捕食，又不得不重新返回了海里。然而，海面上的各种鸟类、大型的鱼类，也带给了它们死亡的危险。无奈，腔棘鱼们进行了过程悲壮的求生。

从它们最初的可承受之处开始，它们每天不定时地坚持往下一点点。遇到具有威胁性的动物，它们就轻巧地避到一个隐秘的地方，待危险远离，便又出来继续着它们的悲壮旅程。在这个过程中，有的腔棘鱼因为不堪压力，被折磨得痛苦不堪，有的甚至死在了巨大的压力之下。但，为了生存，它们还是以鲜血为代价坚持了下去。就这样，日复一日，年复一年，腔棘鱼们坚持了下去，终于找到了一个属于它们的安全区，创造了一个让人类几乎不敢想象的奇迹。

腔棘鱼尚能如此，何况人？当无数个奇迹在我们身边发生时，我们惊叹创造奇迹的每一个人，甚至羡慕、嫉妒他们。但不得不承认的是：奇迹往往只能在瞬间发生，却不能在瞬间被创造。

在阳光中永生

纳皮尔是新西兰霍克斯湾区的一个小镇，人口仅有五万余，面积也不过几十平方公里。但就是这样一个小镇，却从二十世纪三十年代开始，逐渐发展成为现如今蜚声全球的杂交羊毛中心，也成为新西兰最大的水果出产地区。然而，每年到这里旅游的来自世界各国的观光者，却并非冲着以上两点而来，最主要的，是因为纳皮尔小镇从1935年开始，以其独特的建筑风格，被誉为"世界上最新的城市""世界上最幸福的城市"。直至如今，纳皮尔小镇仍是与美国迈阿密南海滩齐名的"全世界最好的装饰艺术城镇"。世界装饰艺术爱好者视这里为艺术圣地，因为只有在这里，才能看到如此众多的二十世纪三十年代装饰主义风格的建筑。

本来，一个普通的小镇能够成为闻名世界的艺术中心就已很难得，更何况纳皮尔曾经遭受过巨大的天灾重创。了解纳皮尔现在的人很难想象到，曾经的纳皮尔，到底是如何赶走那片阴霾，创造震惊世界的奇迹的。

1931年2月3日，注定是将纳皮尔撕开一道巨大伤口的日子。当日上午10点47分左右，纳皮尔所在地区霍克斯湾在一分半钟内，连续发生两次里氏7.8级的特大地震，位于震中地区的纳皮尔几乎被夷为平地。这次大地震,被称为"新西兰历史上遭受过的最惨重的一次自然灾害破坏"。灾害带给纳皮尔的创伤,完全称得上是毁灭性的打击。

地震发生后,摆在人们面前更为严重的事实是,所有的保险公司都以"拒绝为天灾所制造的灾难而赔偿"为理由,对灾民提出的赔偿呼声置之不理。纳皮尔小镇,一时之间陷入窘困之境,形势非常危急。

可是,谁也没有想到,纳皮尔人并没有怨天尤人,更没有将重生的希望完全寄托于外界,而是将灾后重建落实于切实的行动之中,用自信、乐观、坚强和阳光般的心灵在一片废墟上重建起了现如今这座享誉世界的艺术圣地。

地震发生六个月后,人们在纳皮尔看到了这样震撼的一幕:

所有的男人分为两拨,一拨直接参加灾后重建,另一拨则参加建筑行业的培训班。所有的女人和孩子,也投入重建工作中,做一些力所能及的事情。

纳皮尔重建时的房子,墙壁上是孩子们手绘的花草、河流、小鸟,还有灿烂的阳光……

负责整个重建工作的男人们,工作时都是哼着当地的民族歌曲而进行的。他们袒露胸膛,脸上满是微笑,迎接着朝霞,沐浴着阳光,欢送着暮霭。他们甚至还想到,将房子的外表,设计成微笑的弧形结构,将教堂设计成握手成拳的形状……总之,一切人、一切物,都透露着无与伦比的坚强,丝毫不见哀伤、怨恨和沉沦。

而那些体弱的女人们,则处在一些安全的地方,专门为想出更好的重建城市的点子而出谋划策。而这些所谓"更好的点子",必须是充满积极性、幸福感,以及能够温润人们心灵的点子。用她们当时的话来说,就是想怎样才能为所有人送上灾后最温暖的阳光。

《外滩画报》的记者曾做过调查，到底是什么人决定将纳皮尔建为装饰主义圣地，特别是这种完全流露出阳光性与幸福感的艺术圣地的？

调查结果令人大吃一惊：从来没有人做出这个决定，当时，那就是人们不约而同的自发性行为。

如果说实在要找出个答案，那么，有两件事物可以回答：

第一，2001年，在纳皮尔一座陈列室里发现了大地震时的一段文字记录：

  凯琳卡：爸爸说，灾难是昨天发生的，今天，太阳又照常升起。

  9岁的小彼得则说，灾害发生都已经发生了，怨恨根本无济于事。

  ……

  而一个时年62岁的老者说，我们不喜欢看到泪水涟涟的面庞，因为我们知道——心头的阳光，才能滋润出世间最美丽的花朵；心头的阳光，才能创造出最幸福的生活。

第二，每年的二月里，当地人民都会穿上节日的盛装，开着老爷车来到纳皮尔商业街，庆祝大地震之后的重生。而他们的庆祝方式，不是哀悼，而是以欢乐来纪念多年前的那场灾难。人们给这种活动起了一个非常好听的名字——在阳光中永生。

现在的纳皮尔，不仅让人们看到充满艺术色彩的装饰主义，更让人从内心领略到，纳皮尔人数十年来内心永不熄灭的阳光、坚强、乐观。这种阳光，使怨恨不在，阴霾不在，痛苦带来的沉沦不在……

一切的一切，都在阳光中永生！

善于亮出自己的王牌

朋友在沿街繁华地段开了一家宾馆，凑巧的是，朋友所开宾馆的正对面，也有一家宾馆于同一时间开工装修。

不约而同地，朋友和对方都将彼此视为最大竞争对手，经常借着经验交流的名义凑在一起互相讨论，都以豪华先进的房间设施和细节化的服务为王牌来吸引顾客。一来二去，双方貌似也都很熟了，便常常到对方正在施工的宾馆内四处看看，明里是观摩学习，实则暗地里较上了劲儿，都来偷窥对方创意了。双方都这么做，谁都不好意思先揭破了脸皮，只好彼此间心照不宣了。

就这样，你看我一眼，我仿你两眼，两家宾馆的室内装修和硬件施设也就有了很多雷同之处，就连准备的各种房间的住宿价格都一样。既然如此，宾馆装修完毕后，双方又在软件上也暗地里较上了劲，从以前的比硬件，比豪华，发展到现在的比服务，比管理。为此，双方还都分别请来了擅于管理的讲师，在开业前对各自的员工进行针对性的专业培训。

宾馆开业当天，双方都是张灯结彩，锣鼓喧天，开业典礼操办得都热闹非凡。但在以后的营业过程中，朋友却清楚地发现，自己宾馆无论是内饰的装修风格、房间内的物品摆设，以及服务、管理方面的细节化，自信均不比对方宾馆差，价格也和对方一样，可为何对方宾馆的客人络绎不绝，而光顾自己宾馆的顾客却是少之又少？更让朋友大为疑惑的是，很多客人到自己宾馆问一下价格后，再到对方宾馆一番问价，之后居然就入住对方宾馆了，而先到对方宾馆的顾客，则很少转头到自己宾馆来打听。莫非，对方宾馆在暗自降价？这个怀疑，很快便被打破了——对方的房间价格丝毫没有变动，和朋友的宾馆价格仍然相同。

朋友又是满腹狐疑，又是不服气，更好奇无比。在数次暗地里观察之后，朋友终于发现了对方生意盈门的秘诀。朋友揭开了谜题，在汗颜无比之后若有所得。

原来，双方宾馆在硬件施设、装修风格、服务质量、价格设置上均相同，双方宾馆都是隔街相望，距离太近，顾客无论到哪一方，问一下房间价格后，产生到另一方再看看的心理也很正常。

但唯一不同的是，对方的做法是，当有顾客问房间价格时，服务员都是先把顾客带到相应房间领略一番，然后才报出价格。顾客看到装修豪华、风格宜人的房间，自然非常满意，也就不想再到他处考虑。对方先避开价格，先亮出宾馆的王牌来吸引顾客，朋友宾馆的服务员，显然没有做到这点。

筹划开办宾馆之初，双方都将宾馆豪华的硬件施设和风格温馨的房间定为各自的经营王牌。唯一不同的是，对方显然更善于运用此道：有王牌，更要善于先亮出自己的王牌！人生何尝不是这样，与其等着让人发现自己的闪光点，不如善于、勇于将自己的闪光点主动展现出来。

老板的心思你别猜

六年前，我和阿方相约在村头的老槐树下。我投向愣头愣脑的阿方的目光里，满是不屑。那时的阿方，土里土气，傻头傻脑，竟然嚷着要南下广州找工作。作为幼时就相处要好的朋友，我是极力劝阻他去广州的。因为我知道，阿方虽然是科班出身，但依他木讷少言的生性，老实得都到了迂的地步，实在不适合在波诡云谲的职场里混。更何况，是在经济发展迅猛，职场高手如林的广州！

六年后，阿方归来，约我在小城最好的四星级酒店里。我仰望阿方的目光里，满是敬佩和羡慕。这时的阿方，依旧木讷少言，但浑身上下名牌在身，脸上流露出来的气质完全脱离了农村人的模样。我奇怪，老实到他这种地步的，上个世纪说不定还真吃得开，可在这日新月异的二十一世纪，在这新得几乎什么方法、什么心思都要动的职场中，他到底是如何成为分公司销售经理的？

阿方给了我一个阳光般的微笑，讲了一个发生在他自己身上的故事。

六年前，阿方在几经辗转之后，终于找到了一家自己中意的公司。阿方进入公司之后，待人接物虽然达不到职场类书籍描述得那般完美，却也彬彬有礼，从没得罪人。但阿方最大的缺点同时也暴露了出来——他的生性木讷、不善言语，让他的人脉关系不是很广。工作中，阿方只知道埋头苦干，却从不知道如何巧干，更不懂得如何去琢磨上级的心思。用阿方自己的话说，我做好自己的工作，干吗总去猜人家老板的心思？

同事都说他名字没起错，只知道"方"，不懂得如何去"圆"。一个好心的同事说他死脑筋，现在做工作，就得同时琢磨老板的心思。后来，这个好心的同事给他讲了很多新职场里的知识。例如，老板让你往东，实际上是让你向西；老板让你去办公室一趟，结果一句话没说就让你回来，实际上，是看你会不会将地面上的污纸片主动捡起；老板抽不开身，让你帮他从街上带点适合送人的礼物，实际上，是考核你是否具备敏锐的目光……总之，需要你去琢磨老板心思的地方还挺多。对同事讲的这些好心话，阿方大多付之一笑。

四年过去，阿方所属公司在外地的两个分公司各需要一名销售经理。而总公司，将在三个月后选出两名员工赴任。这个差事，自然引起了众人的兴趣。谁都在暗地里清点自己为公司做出了哪些贡献，在某年某日博得了老板的欢心。那些业绩突出的人，更觉得自己有资格被派去赴任。阿方这几年勤勤恳恳，一心工作，业绩自然也不落人后，如果不是他太过老实，很多人都认为他会是个合适的人选。

不久，公司突然将员工集中在一起，将他们的体重登记在册，并声称三个月后还要测重一次。去医院体检是公司每年都有的事，可这秤测体重倒还是破天荒的头一次，而且第二次测重的时间又这么令人敏感——三个月后。

大家仔细一掂量，很快便相互会心一笑，心照不宣，各自忙各自的去了。只有傻头傻脑的阿方，丈二和尚摸不着头脑，不明白同事们为什么会关注三个月后的测体重。阿方没去多想，就去继续自己的工作了。

接下来的日子里，阿方发现一个极不正常的现象：公司里外出大快朵颐的人少了，热衷减肥的多了。更有甚者，居然一天只吃一顿中饭。阿方虽然好奇，但也没问。他知道，问了他们也不会说。

三个月后的一天，公司再次登记员工体重。不久，就宣布了两名赴任销售经理的员工名单，而阿方的名字，赫然在其中。大家发现，选择两名经理的标准是：一、近几年来业绩突出者。二、与三个月前相比，体重变化最小者。很多人都为自己没能被选上而愤愤不平，特别是木讷的阿方居然也被选上了。

对于员工的疑问，老板是这样解释的：

三个月前的第一次测重，和现在的这一次测重数据相比，阿方的数据基本上没有什么变化。——不去无端揣测老板心思，只知道一心踏实工作，这就是阿方被选中的理由。

阿方原是一头雾水，后来才知道内情。原来，第一次测重后，大多人都有了这样的揣测：老板是想利用两次测重，选定经理名单——体重下降值越多，就证明工作付出的精力越多。要不然，精明的老板好好地怎么会想到测体重呢？

可多心的他们这次却全都猜错了，精明的老板正是利用他们那些所谓的"精明"，告诉了他们一个做人做事的道理：也许职场上的风云变化太快、太新，我们的确需要一个审时度势、随机应变的聪明大脑，但无论职场上的规矩有多少，变化有多少，始终有一点不会变，那就是——做人做事，还是踏实点好。

老板的心思谁来猜？只有老板自己知道。

奏章上的一字之差

公元1854年，清咸丰四年，太平军一路进攻势如破竹，湖南湖北接连告急。无奈之下，咸丰帝只得再次传旨曾国藩，要求湘军全面出战。

在此之前，不管是八旗还是绿营等清朝正规军，都不是太平军的对手。领军前去镇压的将领有广西提督向荣、巡抚周天爵、广州副都统乌兰泰、钦差大臣陆建瀛等，均吃了大败仗。其中，钦差大臣陆建瀛惨死于太平军刀下。眼看湖南湖北接连告急，咸丰帝在京城坐立不安，急得犹如热锅上的蚂蚁，却又无兵可调，无将可派。所以，不得不再次传旨，恳求此前总是以"操练尚未准备稳妥，出战还需时日"为理由拒不出战的曾国藩。

然而，皇帝的圣旨还没有传达到衡州，曾国藩却已率领一万七千人的湘军启程，放弃形势危急的长沙，前赴湘潭。此前万般推诿的曾国藩，为什么这次表现得如此积极？

原来，以前一是曾国藩想看绿营军的笑话，二是湘军组建不久，万事未妥，尚不宜出战。而这次，湘军已近两万人之众，且厉兵秣马已久，操练亦有多日，该是自己露两手的时候了。

曾国藩刚到湘潭不久，就接到所谓的可靠情报，说靖港一地太平军防备空虚。曾国藩大喜，遂决定率军偷袭靖港，以期此战告捷，振奋军心，亦能博得朝廷嘉奖，更重要的是扬湘军之威名。

是日，曾国藩亲率湘军战船四十艘顺江而下，抵达上游白沙洲。当大队湘军水师直扑太平军营时，却发现居然是一个空城计。瞬时，曾国藩明白上当了。结果，只听一声炮响，芦苇荡中数百条太平军的渔船冲出，而湘军炮口距离太近，根本不能发挥半点作用。在随从的拼死掩护下，曾国藩率众撤退。

撤退过程中，曾国藩想起起初岳州和宁乡的失利已让自己无颜，今朝靖港再度败北，顿时羞愧难当，一头扎进了水中欲自杀。若不是被随从及时救了上来，怕是一命呜呼了。

一年后，即公元1855年，咸丰五年，曾国藩湘军与太平军石达开于江西湖口再度交战。尽管战前曾国藩几度深思熟虑，最终还是大败于太平军手下，战船被焚数百艘，自己乘坐的小舟被太平军围住，差点儿就被活捉成为俘虏。

侥幸逃脱的曾国藩思往昔，想今日，是越想越羞愧，就更感到难以见人。遂在逃跑途中，又一头扎进了水中自杀。结果，再度被随从所救。

曾国藩回到南昌城，感到再也无颜面对他人。即使有雄心东山再起，只怕咸丰帝也饶不了连番战败的自己。于是，曾国藩亲笔写下遗书，并欲拟一份奏章上报朝廷，希望能再争得一次机会。若朝廷答应，则再度和太平军决战；若朝廷不再信任自己，则遗书正好派上用场。曾国藩将奏章写好，交给了师爷马家鼎。其中有一句"臣军屡战屡北（败）"，马家鼎看到此处，内心一动，觉得"屡战屡北"词意颓唐，消极之至，遂私下里另拟一份，且修改了其中一字，将"战"和"北"的位置颠倒了一下，即成

"屡北屡战"。

咸丰帝接到曾国藩奏章,本因连番败仗感到懊恼,脸上阴云未散,但当看到"屡北屡战"四字时,竟突然阴霾散去,称赞曾国藩虽连遭战败,但忠勇可嘉,其心不灭。于是,咸丰帝不仅没有严处曾国藩,反而更加予以重用。

曾国藩得知,大喜过望。正巧当时,太平军发生内讧,洪秀全和东王杨秀清不和,先后致使杨秀清、韦昌辉被杀,全家被害又受到排挤的石达开负气带领主力部队离开。

曾国藩瞅准这个大好时机,利用对方的分化,与太平军转战数省,终将其一网歼灭。

"屡战屡北"反映出心灰意冷、意志消沉的悲观情绪,而"屡北屡战"却是毫不气馁、百折不挠的坚强代言。若不是马家鼎貌似轻微的一点改动,怕是咸丰帝会弃曾国藩于一旁,永不再用,甚至严处重罚了。那样,曾国藩官场上再老谋深算,再处心积虑,只怕也会因为不能东山再次而永远背上"常败将军"的骂名了。果真如此,历史长河里的他,也会少了很多闪光。

看来,曾国藩之所以能名垂青史,不能说与这一字之差没有关系了。

炸弹输给了剃须刀

1940年中期，工程师赫伯特在HS-293炸弹上加装了无线电指令接收和发射系统，还给该炸弹加上了火箭助推器以增加速度和射程，从而使炸弹在原来基础上又具有机动攻击能力，并且能够有效穿透厚厚的战舰外壳。

在此之前的1939年，HS-293炸弹由工程师赫伯特为主要研究人员，以古斯塔夫施瓦茨螺旋桨厂提出的无动力滑翔攻击的基础上，将普通航空炸弹装上轻质合金的弹翼和尾翼，于1940年5月制成了HS-293V2滑翔炸弹。

1942年，又经过一系列技术改进的HS-293炸弹被德国法西斯当作至宝，用作侵略的最佳武器。这种会"追"着打击目标的武器，很让盟军头疼。很快，盟军就想到了一点：这种炸弹既然会"追"着打击目标，肯定是装有无线电指令接收和发射系统，那么，只要用大功率无线电干扰设备打乱HS-293V2炸弹的无线电系统，就会使其彻底丧失威力。

不可否认的是，盟军的想法是非常正确的。但奇怪的是，尽管盟军将各种先进的大功率无线电干扰设备一一使尽，还是无济于事，这些炸弹就好像通了灵性，丝毫不理睬任何的那些大功率的无线电干扰设备，依然能够击中目标。一时之间，盟军为这种炸弹头疼不已。

1943年,盟军舰队刚进入比斯开湾,就遭到德国战斗机的猛烈攻击。就在他们都束手无策的时候,其中一艘战舰却神奇地逃过了打击,并且发现了一个奇怪的现象。

　　德军一架轰炸机像该舰连续发射了两枚HS-293炸弹,就在眼看无处可躲之际,两枚炸弹都鬼使神差地在快要接近舰体时偏离了方向,最终落入水中。战舰上惊魂未定的科学家们马上意识到:一定是战舰上的某个电子设备起了干扰作用。他们很快查明,炸弹扔下来时,舰上一位军官正在使用电动剃须刀。

　　于是,盟军将舰队又向海岸靠近了一点,吸引德军轰炸机。战舰负责人下令,将集中起来的四个电动剃须刀在德军投弹时全部打开。结果,HS-293炸弹像失去翅膀的蝗虫一样,纷纷落入海中。

　　很快,该战舰上的负责人将这种情况通报全军。结果,德军的制胜法宝HS-293炸弹就这样在小小的剃须刀面前——失去了作用。

　　为什么各种强大先进的无线电干扰设备都不能打乱HS-293炸弹的轨迹,却偏偏让小小的剃须刀抢了头功?原来,真正的秘密在于:

　　德军在研制这种炸弹的时候,起先就做到了未雨绸缪,早就料到将来盟军会想到无线电干扰设备这招,于是,研发专家们搜集了各种无线电设备的干扰功率,并且根据搜集来的数据,将炸弹上的无线电发射和接收系统的波长,统统设置在那些大功率无线电设备起作用的范围之外。这样,无论盟军用哪种大功率无线电干扰设备,都不会影响到HS-293炸弹的正常发挥。可德军考虑的都是大功率的无线电干扰设备,却从来没将诸如剃须刀这样的小功率电子设备放在心中,从而让先进的制导导弹就这样"窝囊"地折戟沉沙。

　　往大的方向去考虑,但也不能忽略小的细节。

红地毯上的葬礼

1917年,"第一次世界大战"中的德国已显颓势,英国海军便将建造四艘战列舰的计划改动——停建三艘,只保留胡德号继续建造。

1920年5月5日,被誉为英国皇家海军"超级战舰"的胡德号顺利完工,标准排水量为41200吨,成为当时世界上最大的主力战舰,也成为英国海军的光环。自此,胡德号开始了它的威风之旅——在其二十一年的服役生涯中,它作为展示英国国威的礼仪舰,光是巡游世界各国就长达十几年。而它原本的作为战列巡洋舰的功能,早已被巡游世界的风光,遮盖得所剩无几。

1941年5月24日,胡德号继1940年炮击法国舰队大捷后,又一次迎来了和敌对炮舰的亲密接触。只不过,这一次,人们没料到,魔鬼已经张开了大口在等待着胡德号。这一天,胡德号奉命拦截德国战舰俾斯麦号,与其一起负责拦截任务的还有威尔士亲王号。在长达几个小时的航行后,它们和俾斯麦号在丹麦海峡相遇,信心十足且作为追击方的胡德号做梦也不会想到,这一次,将是它的不归之旅。

双方交火后不久,胡德号被德舰的炮弹命中,最要命的是,这枚炮弹居然落到了胡德号的弹药库里。弹药库发生爆炸后，胡德号舰体迅速断裂沉没，在丹麦海峡的水面上仅仅泛了半个小时不到的涟漪，便再也没有任何影踪。全舰1419名官兵，仅有3人获救。古往今来的战争中，胜败本是兵家常事，但胡德号的沉没却完全是一场悲剧。说是悲剧，不仅仅是因为1400余人生命的消逝，更重要的是沉没的背后。

1916年，胡德号作为英国皇家海军的战列舰，其建造标准及配置均是严格按照战略战争使用标准来实施。特别是1916年5月31日的日德兰海战之后，英国海军针对海战中反映出来的问题，对胡德号进行改进设计，强化了舰体两侧要害部位的防护，装甲总重量以及舰体结构重量都有所增加。然而悲哀的是，在次年，眼看德国即将战败，英国皇家海军觉得马上就要天下太平，在"胡德号"的改造上，将于去年改装的基础上的今年的胡德号水平装甲防御改进工程搁浅。他们觉得，战争都要结束了，干吗还投入这么多人力物力财力？

后来，英国皇家海军一直都为自己的先见之明感到骄傲——没有新的战争，胡德号改造计划的停止是多么伟大，省了多少白花花的银子！于是，本应在海域上浴血烽火的胡德号，被铺上了厚厚的红地毯，作为展示英国国威的礼仪舰，巡游了世界各地几十个国家。

"第二次世界大战"爆发后，英国皇家海军显得有点措手不及。这时，他们想起了胡德号。二十年的时间，战列舰的交火距离已经从一战时的4～6公里，延伸到了10～20公里。这样的距离下，原本会命中舰体侧弦的炮弹，便会垂直落下命中甲板。英国海军也想到这点，慌忙派人将胡德号上的红地毯扯下，不分昼夜地在胡德号水平甲板上加设防护工程。

这一年的5月底，胡德号接到与威尔士亲王号一道阻击俾斯麦号的任务。交战开始不久，胡德号的两侧，包括水平甲板，身受数十发15英寸的炮弹都没什么大碍,但当一枚8英寸的炮弹命中甲板时,却穿透甲板在下方的弹药库而爆炸。戏剧性的一幕就在这里:在紧张忙碌的甲板防护过程中,由于时间太仓促,在接到任务的时候,胡德号还有一点点地方没有实施防护。而这"一点点"的地方,就是这枚仿佛长了眼睛的8英寸炮弹的命中之处。而更为深入的调查显示,这"一点点"之处,恰是最可悲之处——英国女王每次巡游各国时,演讲、观光最喜欢站的地方就是这里,在本就紧张的施工过程中,是否保留这一"纪念地"之争由来已久,因此实施防护一拖再拖。直到后来仓促应战时,也没人敢动这个地方。

胡德号被扯下了原本应该穿着的战斗外衣,却被作为展示礼仪的巡游舰,造成虎胆英雄无用武之地,这本就是悲剧。实施防护的过程中,围绕着一处"纪念地"争论不休,酿成大祸,上演了一场红地毯上的葬礼,这更是悲剧。一次错,两次错,胡德号不死才怪。它不是死在对方的炮弹上,而是毁灭了在自己人手中。

在绝境中开花

那是一个阳光静好的下午,从纽约刚归来不久的佩雷斯·霍克坐在高大的榕树下,眼看着飘零的落叶,像一只只受了伤的蝴蝶,内心里不由更是愤愤不平——为何自己的命运,竟宛如这些凋残的落叶,自己不能掌握方向,而被风而左右着?

霍克正凝思着,蓦然间被一阵轻轻的咳嗽声惊醒。他不用抬头,也不想抬头,便知道是父亲拉比德来了。

"亲爱的,还在为没能再次去纽约而生我的气吗?"拉比德一脸慈爱地看着霍克。

"不,爸爸。"霍克将脸转过一旁,语气里明显带着火药味,"我又怎么敢生您的气呢?"

拉比德坐了下来,轻轻抚摸着霍克金色的头发:"宝贝,你真的下了决心要去纽约,并且真的对自己充满自信?"

霍克听到这里,眼睛里倏地闪过一丝光彩,忙把头抬起:"您是不是……"

拉比德打断了他的话:"先回答我的问题。"

"爸爸，我敢保证，只要你答应我，给我提供资金保障，我一定能在纽约做好自己的事业。"

拉比德紧紧攥住霍克的手，说："亲爱的，难道你没注意到，昨晚爸爸房间的灯光亮了整整一夜吗？"

霍克忽然想起，昨晚爸爸房间里的灯的确亮了一夜。看来，父亲为自己的事是认真地考虑一整夜了。

拉比德一脸郑重，又把刚才那个问题重复了一遍。霍克突然觉得父亲竟是如此啰唆，同样一个问题，几个月间问了已不下一百遍了。但霍克同时又发现，父亲的神色从来没有像今天这样庄重。霍克心想，凭自己的头脑和学识，加上遍地是黄金的纽约，自己一定能够成功！况且，即使失败了，顶多再打道回府呗。于是，霍克再次信誓旦旦地下了保证。

拉比德又问："如果失败了怎么办？是不是打算立即回来？"

霍克一怔，没想到自己的打算被父亲猜了个正着。但他还是矢口否认，说自己绝对不会失败，不成功就没脸回来见父亲了。

拉比德听到这里，脸上露出开心的笑容，大声说："这才是我的好儿子，有志气！爸爸答应你了，明天就把东西给你。"

霍克兴奋地跳了起来，孩子般地抱着父亲说："放心吧，我不会让您失望的！"

那天晚上，霍克兴奋了大半夜，脑子里想着的都是"纽约"两个字。要知道，在此之前，霍克想去纽约开创自己的事业，但每次都被父亲以"年轻无知，阅历尚浅，且怕吃苦"而婉拒。直到霍克开始与父亲冷战起来，拉比德才终于答应他去纽约。不过，拉比德提出了一个条件——霍克必须在纽约待上三个月，进行细致的市场调查，还要撰写翔实的计划书，等拉比德过目后觉得可行方可再去纽约。而这次，父亲终于没有任何条件地答应他去纽约了。

那个晚上,霍克发现,父亲房间的灯,又亮了整整一夜。

翌日,负责送行的拉比德交给了霍克一样东西说:"亲爱的,爸爸从来没有做出过如此重大的决定,希望你能理解爸爸的一番苦心,只许成功,不许失败。"

霍克接过父亲递过来的东西,凭直觉就知道是供自己创业的账户存折。霍克想,父亲确实没有做出过这样重大的决定,毕竟,这不是一个小数目。

霍克拜别了父亲,便登上了飞往纽约的班机。霍克永远都记得,那是1982年的一个阳光灿烂的上午。

然后,让人意想不到的事情发生了。到达纽约的霍克,并没有利用父亲提供的资金创业,而是满脸沮丧,灰心丧气,整天漫无目的地游离在街头。后来,不知道是什么原因,在家里从来都是养尊处优的霍克,居然沦落为一家汽车公司的推销员,干起了他以前从不愿意做的那种寄人篱下的工作。

就这样,身为推销员的霍克陡然像变了一个人似的,对待自己的工作兢兢业业,还利用业余时间买了大量专业书籍为自己充电,奔波在所有的汽车用户家中进行完善的细节化服务。霍克的工作,越来越得到公司的认可。工作的第四年,霍克便被破格提升为公司的市场部经理助理,后来又担任了公司的营销部经理、分公司的副总,一举成为公司乃至业界的传奇人物,被誉为汽车界的奇葩。

声名鹊起的霍克,逐渐吸引了各大媒体的注意,他的传奇经历也被一一挖掘了出来。有人问他,为什么当初决定自己创业的他,会弃父亲给的创业资金于不顾,而选择做一个汽车销售员呢?

对于这个问题，霍克的回答令所有人都大吃一惊。原来，当初霍克到达纽约的时候，第二天早上就去银行取钱，可银行的工作人员告诉他，账户里只有仅能供他维持短时间生活的钱。这又怎么能创业呢？霍克想打电话回家，可狠心的拉比德居然停了电话；霍克想回家，可那少得可怜的钱连张飞机票都买不到。霍克没有想到，父亲居然会骗他，且如此绝情。无奈，快要身无分文的霍克只得做了一名汽车销售员。

当人们为霍克有这样一个绝情的父亲而叹息时，霍克却表示要感谢父亲。他说："我到现在才明白，当初父亲口中所说的那个'重大的决定'的含义。他是想让我明白，人生不能总想着退路，有时候，没有退路，才是最好的出路呀。而如今，事实证明了他的决定——我这个被誉为汽车界的奇葩，就是在没有退路的绝境中才得以开花的呀！"

抬起头，才不会看到阴影

她出生在俄罗斯一个普通的工薪家庭，读到小学中年级时，慢慢对芭蕾舞有了兴趣，并参加了学校的业余女子芭蕾舞训练队。那年，她刚刚十岁。

然而，她在芭蕾舞方面却并没有显示出什么天分，在日后的训练中，成绩一直平平无奇。决不放弃的她，不顾众人的耻笑，一直坚持了下去，在经过无数汗水的洗礼后，她的芭蕾舞水平终于得到了老师和同学的认可。

十三岁那年，刚步入中学的她在去训练的途中，命运被突然而来的一声刺耳的刹车声改变了。她慌忙一躲，只感觉到右脚尖一麻，便摔倒在了地上。

躺在医院里的她，感到右脚上传来的一阵又一阵隐隐的痛感，神色慌张地向母亲打探着自己的伤势。母亲微微一笑，吻了吻她白皙的面庞，说："亲爱的，没事！医生说你的伤势没有什么大碍，你要知道，这已经是不幸之中的万幸了。"

为她主治的骨科医生告诉她：因为她躲得及时，车辆只是从她的脚尖碾了过去。所以，车轮只是碾伤了她的足趾，脚拇指被碾折，再也不能接上了。

绝望、恐怖等情绪无情地袭击了她，母亲在一旁只是不停地劝慰她，说她的脚伤只要用心护理，她依然可以重返舞台。

有了母亲的鼓励，她在稍稍调养之后，便重新站到学校的芭蕾舞台上。伤后的每次集体训练，台上的她发现，母亲总是准时到来，静静地坐在台下，脸上带着阳光般的笑容。她知道，母亲一直都相信她一定会成功，即使是现在。

然而，众所周知，要想跳好芭蕾舞，很大的技巧都在于足尖上。常人尚且难以忍受芭蕾舞训练中的足尖之痛，何况她的右脚尖还断了一根脚拇指。所以，她每次集体训练时，总是忐忑不安，时时注意着自己受伤的右脚，生怕一个不小心就会被教练指责。然而，尽管她再怎么努力，跳得再怎么好，却还是始终博得不了老师和其他队友的掌声。

一年，当地组织芭蕾舞大赛。她凭着平时的辛苦努力和坚强，打动了老师，答应她参加选拔赛。她暗暗发誓：这次一定要盯紧自己的脚，千万不能再出任何差错！

可是，命运再次和她开了个玩笑！在初场比赛中，她就被淘汰了。她扑在母亲的怀里，哭诉道："我已经尽力盯着自己的脚了，可是我也不知道错误都出在哪里！"母亲轻抚她的背脊，柔声说："妈妈知道你的错误处在哪里。"

她抬起头，睁大着眼睛看向妈妈。

"妈妈相信你的实力，妈妈会再去求一次教练，让她再给你一次机会。不过……"母亲顿了顿，"你必须得答应妈妈一个要求。"

她抹了抹眼泪，忙点了点头。

后来的选拔赛上，她按照母亲说的方法去做，居然真的通过了选拔赛，顺利进入二次选拔中，且再次通过。最终，她在决赛中获得了第三名的好成绩。这个成绩，就连平时训练中得到教练称赞比她更多的队友们都没有取得。

初现锋芒的她，在以后的芭蕾舞生涯里更是所向披靡，艺术水平上升到常人想都不敢想的层次。1982年，她是全俄罗斯芭蕾舞比赛年度冠军，并先后获得这项比赛三连冠；1986年，她随团去世界各国表演芭蕾舞，并赢得了全世界的掌声。1988年，她的艺术生涯达到顶峰，获得俄罗斯芭蕾舞组织颁发的终生成就奖。她就是玛季尔·卡达那娃，俄罗斯著名的"芭蕾皇后"，一个无数青少年将其当作偶像学习的励志榜样。

也许，谁也没想到，一个足有残疾的人，竟会在对足部技巧要求极为严格的芭蕾舞上取得如此辉煌绚烂的成绩。玛季尔·卡达那娃成功的背后，到底有着什么样的魔法？

玛季尔·卡达那娃讲起了当年母亲向她提出的要求。原来，当年的母亲对她说："你每次训练，包括比赛，都记着脚上的伤，而把目光放在了自己的脚上。这样，观众的目光也会顺着你的目光而紧盯着你的脚。你的舞姿再怎么美，观众也忽略了你整体的形体美。因此，你必须抬起头来，把他们的目光引到你的全身。好吗，宝贝？"

母亲继续说："还有，你能向妈妈在台下笑着看你一样，在台上也笑着看向台下的妈妈吗？"

答案就这么简单吗？不！玛季尔·卡达那娃进一步解释："其实，当年的首次成功，起初我也不知道是怎么回事。直到后来，我才明白，母亲当年的解释只是表面的原因。更重要的，母亲之所以让我抬起头，那是因为她想让我明白，无论做什么事情，抬起自己的头，才能有底气！抬起自己的头，才能迎接到温暖的阳光，才不会看到地面上的阴影！"

一块补丁的力量

又是一年秋风起。

老树的叶子，随着萧瑟秋风，像是断了翅的蝴蝶，坠落了一地。老卡洛斯深深吸了一口气："又得去借钱过日子了。"他转首看了看在树下玩耍的儿子卡洛斯·特维斯，眉头锁得更紧了。

二十世纪八十年代后期，阿根廷遭遇了严重的经济危机，老卡洛斯家的生活便是在这场经济风暴中变得窘困不堪。因为打零工的老卡洛斯经常找不到工作，家里总是没有食物。无奈之下，他只得到处去求人，到处去借钱，以此来养活他的老婆，还有他六岁的儿子卡洛斯·特维斯。

小卡洛斯·特维斯幼小的心灵里，最多的字眼便是"卑微"两个字。他清楚地记得，父亲借钱时的情形和母亲哭泣的眼睛。他发誓，将来一定要出人头地，回报自己的父母。

但，现实的残酷，不是靠他心里的发誓便能改变的。十二岁的时候，他身上的衣着还是一如幼时——破旧不堪，污秽无比。因为衣服上打的补丁实在太多，人们给他起了个绰号——"补丁小子"。在人们的嘲笑声中，卡洛斯·特维斯每天的生活都在闷闷不乐中度过。

那天,卡洛斯·特维斯看到操场上有人在踢足球,不禁被打动,冲上球场便将球抢到了面前,表示要和他们一起玩足球。可是,时间不长,热爱足球的卡洛斯·特维斯就无心踢球了。

卡洛斯·特维斯出生在布宜诺斯艾利斯南郊的圣意西德罗区,被人习惯称为"Fuerte Apache"。这个名称来自美式英语,一直指黑人族居而且社会治安极乱的地方。卡洛斯·特维斯在踢球的过程中,伙伴们以这个词组来侮辱他,以他身上脏乱的衣服来嘲笑他。甚至,就连看台上小观众也大声喊他"补丁小子"。

伤心的卡洛斯·特维斯回到家里,任由父母安慰,也没有止住眼里簌簌而落的泪水。他伏在母亲的怀中说:"我再也不和他们一起玩球了。"

从此,屋后的一块平地上,多了一个落寞的身影——那是卡洛斯·特维斯一个人在继续着他的足球梦想。但卡洛斯·特维斯不知道,他一个人踢球,足球梦想只是在空洞地继续着,球技却永远无法有所长进。

那是一个黄昏的午后,卡洛斯·特维斯的"球场"上来了一个老人,他叫卡尔特。卡尔特问卡洛斯·特维斯为什么一个人练球。本来,卡洛斯·特维斯不想回答,因为,他不想将自己的心事吐露出来。可是,多日的委屈,却让他实在憋不住,在泪水中将满腹的委屈全盘倒了出来。

卡尔特老人怜爱地摸了摸卡洛斯·特维斯的头,问他:"你的出生地布宜诺斯艾利斯的圣意西德罗,你现在有办法改变吗?"卡洛斯·特维斯想了想,摇了摇头。

"那你现在身上的容装,你觉得能改变吗?"卡尔特看着他身上的褴褛衣衫,继续问。

卡洛斯·特维斯念及自己贫困的家境,又摇了摇头。

"既然无法改变,那为什么不去面对现实?"卡尔特一脸慈爱,"其实，你身上也有新的东西。"

"新的东西？"卡洛斯·特维斯感到好笑，自己的身上居然还会有新的东西？

卡尔特的手指伸向卡洛斯·特维斯身上的一块补丁，说："这不是一块新的补丁吗？"

卡洛斯·特维斯瞧了瞧，确实没错，这是母亲昨天晚上刚打的补丁。可是，这补丁能算得上是新的东西吗？

卡尔特看着他狐疑的脸蛋，说："最起码，你身上每天都有块新的补丁出现。再小，也是新的东西；再小，也代表着希望。你的衣服，补丁越多，就是希望越多。孩子，记着，你的衣服就是你的生活，你的未来……"卡尔特顿了顿，拉着卡洛斯·特维斯的手继续讲，"补丁越多，希望越多。"

年少的卡洛斯·特维斯的心灵被震动了。他没想到，在自己艰难的生活中，身上的补丁在别人的眼中，居然也是希望的所在。"最起码，这块补丁是新的。"卡尔特的话，久久激荡在他的耳边。

翌日早上，他便重返了真正的球场，在伙伴们的嘲笑声中，继续着他的足球之旅。而时日一久，人们看到了一个一心练球而两耳不闻别人冷言热语的少年，在用汗水浇灌自己的梦想，便再也不去嘲笑他了。

他的球技，在一日复一日的练习下，在"最起码，这块补丁是新的"的激励下，与日俱进。

2001年，卡洛斯·特维斯首次代表青年队参赛，勇夺"头号种子"的美名。2003年南美解放杯足球大赛中，他以出色的球技赢得了全场关注的目光和热烈的掌声；2004雅典奥运会，他犹如神助，以精湛的球技帮助阿根廷队赢得了金牌。在巴西科林西安，身为队长的他率队夺了2005年的联赛冠军，53场进31球的效率令人咋舌。在此期间，他先后赢得了"欧洲足球先生""美洲足球先生"的美名，在各国国家队射手榜上，他名列第二。他以撞不倒的平衡能力、出众的爆发力、灵活的变线和超人的球感，令赛场对手闻风色变，胆战心惊。

因为他身材矮壮，却有着出色的速度和平衡性、令人惊叹的突破能力，人们给了他一个永久性的桂冠——重生的马纳多纳。

卡洛斯·特维斯，这个被誉为"赛场雄狮"和"重生的马纳多纳"的足球超级明星，成功的背后，光环的下面，他永远记得那句话——最起码，今天身上还有块新的补丁！因为，那是逆境中令他迎风飞翔的箴言，是黑暗里能刺破天宇的光亮，是阴霾里能拨云见日的最强风。

孩子的秘诀

某游戏软件公司举办一项游戏比赛，冠军奖金高达三万元。游戏规则很简单，和普通的"打地鼠"游戏一样：进入游戏程序后，屏幕上显示着九个地洞，上中下各三个。游戏操作区域相应分布着九个按钮，位置排列与屏幕上的完全一致。游戏开始之后，将有很多小动物从洞中无规则地冒出来，参赛选手只需根据小动物是从哪个洞冒出来的敲击相应的按钮，就可以得分，敲中一次得一分，依此类推。在规定的五分钟时间里最先得到500分，就获得冠军称号，并拿到三万元的高额奖金。

尽管大赛组委会开出了参赛选手必须交纳200元报名费的苛刻条件，比赛还是吸引了很多人参加。毕竟三万元的冠军奖金是个很大的诱惑，更何况这种游戏的难度并不太大，只要选手的反应敏捷，速度够快，得到三万元奖金并非难事。

比赛当天人山人海，踌躇满志的选手们随着一声令下，手指在游戏机上灵活地敲击起来。然而，比赛刚开始不到两分钟，选手们就发现自己当初的想法都错了。

原来，尽管大部分选手都能准确敲击到每一个小动物，但小动物们冒出来的时间间隔却很长。有选手计算过，前三分钟里，小动物平均每分钟冒出来的次数只有80次。也就是说，就算你能准确敲击到每一个小动物，最后也顶多得到400分，与大赛冠军的分数还差一大截。这显然是一场不可能赢的比赛，最终的获益者无疑是这家软件公司。

发现这个问题后，愤怒的选手们纷纷停下正在进行的游戏，找大赛组委会理论。他们怒气冲冲地找到大赛的负责人，也就是这家软件公司的经理，要求退还报名费。但经理拒不接受，他一口咬定比赛是公正的，500分是完全可以得到的。就在双方闹得不可开交的时候，场地中突然爆出一声惊呼："有人成功了！分数达到了520！"选手们怀疑自己听错了，纷纷向发出惊呼的地方跑去，经理也跟了过去。

看到所谓的冠军，人们不禁大跌眼镜。原来，这个得到520分的冠军，竟然是个年方八岁的小男孩。尽管如此，对小男孩取得的成绩，人们又不得不承认，因为游戏机屏幕上真实地显示着520分的成绩。

选手们对小冠军取得的成绩感到很好奇，纷纷问他成功的秘诀。结果，孩子只是睁大着眼睛说："没什么秘诀啊，我只是一直把游戏进行到底。其他的我什么也没想啊。"

人们不相信孩子的话，又把疑问抛给了经理。经理解释说："这孩子说得没错，如果硬要说他有什么秘诀的话，那就是他把游戏进行到底了。"他微微一笑，补充道，"其实，按照刚开始小动物们每分钟出现的次数来算，要想在五分钟内得到500分，确实是不可能的事。然而，这种情况只是在游戏刚开始时才出现。三分钟之后，小动物出现的次数将比一开始多很多，只要坚持下去，谁都有可能获得冠军。可惜的是，你们过于算计，最终没能获得冠军。而孩子却没想那么多，他想到的只是踏踏实实地将游戏进行到底。"

人生没有退路

九岁那年，当火车的呼啸声传来时，一场变故便将幼小的他打进了痛苦的深渊。从此，痛苦便如巨蟒一般在他的心中滋生、蔓延。那天，他在妈妈的搀扶下，去小街上修鞋。修鞋的是个满脸皱纹但却刻着坚毅的残疾老人，在寒冷天气里，独自打理着自己的生意。他嫩芽般的心灵突然被这个身有残疾却能笑对生活磨难的老人震撼了。

回家的路上，他告诉妈妈，从今以后要独立自强，决不向命运低头。自那时起，他练书法，学画画，学唱歌……他的童年，一如常人，是一个充满了童话色彩的斑斓世界。

高中毕业，正赶上省里选拔跳高运动员，一向爱好体育的他顿时表现出了很大的兴趣。但他的这一选择，却遭到了众人的质疑：身有残疾的他，怎能成为合格的运动员呢？甚至，有很多人向他抛来嘲讽的目光。那时，只有父母是他忠实的支持者，给他的心头送去大把大把的阳光。

他去报到那天，将自己身体上的残疾进行了巧妙的伪装，并且在选拔现场以高挑的身材、惊人的弹跳力引起了教练的注意。录用的喜讯传来，他不得不将身体上的残障告诉了教练，教练吃惊之余，感动至极，毅然坚持录用了他。

那天,他紧紧抱住父母,哽咽地说:"爸爸妈妈,儿子一定行!"

以后的训练里,除了艰苦地锻炼爆发力、耐力外,还要练好助跑的节奏,掌握好起跳的时机。在教练的指点下,他一遍又一遍地练习动作要领,付出了比常人多十倍的精力,每天在横杆前、塑料泡沫垫上不知翻跃摔打多少回,晚上,他揉着摔痛的部位,暗暗给自己打气。此外,他还要做大量力量方面的器械训练,如杠铃抓举、杠铃卧推、肌肉拉伸训练等。长时间的锻炼,让他的腰部一次又一次受伤,但他还是坚持了下来。

付出终有回报!在一些低级别的比赛中,他先后几次获了奖。初战告捷,让他信心倍增,竟又产生了冲刺国家级的比赛项目的想法,甚至,他还放出话来,说终有一日,自己要站在奥运会的领奖台上。

有了梦想就去做!他一遍又一遍练,一天比一天努力!但他慢慢发现,自己再怎么努力,成绩却始终与预期的目标差了一大截。无奈,摆在他的面前;痛苦,蔓延在他的心里。教练这时指出了他训练中的不足,说他每次跳高,都以常人背跃式的姿势越过横杆,这本无可厚非,但因为他身体残障的缘故,这种姿势,始终不能发挥出他自身的优势。

"那怎么办?"他瞧着教练。"鱼跃式!""鱼跃式!"一语惊醒梦中人,他立即在迷雾中看到了方向。

然而,鱼跃式的姿势对他来说,训练起来更要付出精力,要比常人吃更多的苦。这一切,他都坚持住了。他始终相信,努力奋斗,他终究能实现梦想。

1994年,他以1.86米的成绩取得第六届远南运动会跳高冠军。1996年,他又以1.92米的惊人成绩摘取亚特兰大跳高金牌并打破世界纪录。这个纪录,比他的身高整整高出12厘米。更令人赞为奇迹的是,接下来的

2000年悉尼残奥会、2004雅典残奥会，他接连打破自己创造的世界纪录，成为蝉联三届的残奥会跳高冠军。

他主演了励志影片《人见人爱》，并深受好评；他还拍过广告，唱过歌，画过画……他与命运斗争的精神，吸引了世界各国媒体的目光。他就是侯斌——三届残奥会跳高世界冠军、三届德国全明星跳高世界冠军、全球首位中国人残奥会形象大使、北京残奥会点燃圣火的运动员。

侯斌，这个九岁时就失去了一条腿的单腿跳高冠军，用坚强、自信、乐观将磨难抛到了一边，用强大的精神意志编织出了一曲笑对磨难的英雄乐章。

后来，也有人发出这样的疑问，侯斌当初选择了跳高，难道就一定能预料到未来会成功吗？难道侯斌就没为自己留些其他的后路？

多年以后，侯斌在一次电视访谈中解答了这个问题："从我选择跳高开始，我就从没想过要为自己留些后路。后路都没了，我除了在跳高上努力，还能有其他的想法吗？"

人常说，凡事要为自己留条后路。但这句俗语，此时却被侯斌打破了。原来，没有后路的人生，绝境之中能开出最美丽的花朵。

大 人 物

格洛万尼是苏联一个籍籍无名的演员,在各大剧组中跑龙套,生活极其清贫。看着那些能够扮演大人物的影星在台前幕后的无限风光,格洛万尼整天都生活在痛苦之中,经常为自己出演那些小人物而自怨自艾。

然而,就在格洛万尼认为此生无望扮演大人物的时候,命运之神却突然眷顾了他。

1936年,格洛万尼在莫斯科的一条偏僻的街道上散步,被影片《伟大的曙光》剧组选中成为斯大林的扮演者。因为,格洛万尼的长相像极了斯大林本人。

为了演好斯大林,格洛万尼买回了大量关于斯大林事迹的书籍,连斯大林的起居饮食习惯、言行举止等日常行为都仔细研究起来。影片拍摄过程中,由于格洛万尼先前的精心准备,加上化妆师对其精心的化妆、整容,格洛万尼的表演得到了剧组全体成员的认可,就连斯大林本人在审查影片的时候,也对格洛万尼的精湛表演赞许万分。

《伟大的曙光》一经上映,立即红遍了整个苏联。而格洛万尼,自然也因为成功扮演了斯大林而成为苏联最红的明星。

1946年，格洛万尼相继在诸多影片中成功地扮演了斯大林，并且因此而被邀请到克里姆林宫，受到了斯大林本人的亲自接见。后来，格洛万尼在出入克里姆林宫时，竟身着斯大林阅兵时才穿的制服，吓得大小官员们连大气都不敢喘一口。而斯大林本人，对此也丝毫不在意，反而称赞了格洛万尼。

从此，格洛万尼无论是在生活还是剧组中，都将自己当成了斯大林般的大人物，平常在剧组中都以斯大林的口吻与人交流。从1948年开始，很多影片剧组想请格洛万尼演戏，但大部分都遭到了他的拒绝。理由是：非男一号不演！电影界很多导演碰了钉子，不得不灰头土脸地回去。

就在格洛万尼风光无限的时候，一个意外却发生了。1956年，赫鲁晓夫成功执掌苏联大权。格洛万尼的所有表演都被清除出银幕，凡是他扮演过的斯大林的所有镜头都被剪除。格洛万尼顿时没有了鲜花和掌声，迎接他的是无尽的凄凉。因为他演惯了斯大林式的大人物角色，根本就适应不了其他的电影角色。一次，因为一个临时演员病故，他成为某影片中教授的扮演者，但一张口却冒出了斯大林的格鲁吉亚口音，怎么也改不过来，只得失败而归。斯大林病逝后，格洛万尼也被清除出了电影界。

斯大林病逝当年的12月21日，格洛万尼在孤独与寂寞中离开了人世。大人物让格洛万尼从低谷到了云端，但因为痴迷于大人物的光环，他又从云端坠入深渊。

同样是痴迷，但有的人命运却与格洛万尼截然相反。

20世纪50年代初，国内某个电影演员因为成功扮演《沙家店粮站》中的尚怀宗这个反面小角色而声名鹊起。接下来的日子，他连续出演了《平原游击队》《虎穴追踪》《暴雨中的雄鹰》等影视剧中的反派小角色，并且在全国掀起了红色热潮。那个年代，人们仿佛一夜之间记住了他的名字：安震江——一个专演小角色的"大人物"！

安震江成名后，又继续出演了《红旗谱》《红孩子》《粮食》等一系列脍炙人口的电影。而相同的一点是，安震江在出演的电影中扮演的大多是一些小角色。那么，他缘何成为当年风靡一时的大明星的呢？

答案可以用安震江在电影《粮食》中的表演回答。《粮食》中，安震江出演的角色是一个催款的小厮，其出镜时间竟只有10秒。就是这短短的10秒，当时已是名声震天的安震江却演了十四遍。本来第一遍时，导演对他的表演就表示无异议，但安震江却对此并不满意，硬要重新拍摄。安震江的认真、负责劲儿，感动了剧组全体成员。安震江逝世的那年，电影界给他的高度赞誉是短短的一句话：电影中的小角色，电影界中的大人物！

谁是大人物？倘若你痴迷于大人物的光环，离不开大人物的影子而迷失自己，大人物也便成了小人物，且很快便会被社会淘汰；你痴迷于小人物，热爱小人物，且能执着地做好小人物的每一件事，小人物亦是大人物，且能高贵地生存在这个世界上。

魔鬼池的秘密

地球南部非洲赞比亚和津巴布韦接壤之处,号称史上最壮观、最美丽的瀑布之一的维多利亚大瀑布位于这里。

每当位于瀑布上游的赞比西河河水充盈时,每秒将近万立方米的河水便汹涌而来,形成强大的冲击力,激起冲天飞溅的水花,远在三十公里之外便可以看到。

维多利亚瀑布被利顿文岛数处大岩石分为五个瀑布段,其中,最闻名遐迩的便是以令人望而生畏而著称的"魔鬼瀑布"。

魔鬼瀑布上下落差足有百米之多,水流气势磅礴无比,始终以排山倒海之势从上而下,一路水花飞溅,轰响如雷,震慑人心。如此情景下,瀑布上方一个天然形成的游泳池也被人冠以"魔鬼池"的名字。尽管魔鬼池湖水清澈,四周环境优美,气候宜人,每年都吸引了大批的游客,但却极难看到有人敢涉险其中。甚至,其中的凶险让人靠近池水便有了靠近死亡的感觉。

二十世纪末,魔鬼瀑布的凶险渐渐吸引了越来越多观光者的光临。渐渐地,也有勇敢的挑战者尝试着慢慢接近池水,并妄图到池中畅游一番,但每次都因为潭水过于湍急而一次又一次失败。但这却并没有阻挡住世界各国的探险者的到来，相反，越来越多的人都急欲领略维多利亚瀑布的雄壮美和魔鬼瀑布的刺激感。

以后的日子里，在魔鬼池边便经常出现这样一种特殊的景象：人们在池边戏水，在池边拍照，在池边做出飞翔的动作……但是，一切的戏耍都是在池边进行，在池水之中游玩的人还是寥寥无几。

这样一种景象逐渐引起了当地政府的注意，他们认为，如此凶险的瀑布，如此危险的天然游泳池，尚且能吸引众多的游客，如果能将天然池改造，将其湍急凶险的池水化为平静的水流，那么，相信将会有更多的游客光顾。那时，人们将不再仅仅是在池边"临渊羡鱼"，而是终能如愿在清凉的池水之中痛快淋漓地畅游一番了。

当地政府马上将此项计划落实到具体实施之中，并且面向社会公开征集改造方案。经过长达一年的征集活动，又投入了巨资，利用了各种能够利用的资源和方法，终于将魔鬼池凶猛异常、流急水湍的水势改造了过来，将碧波如镜的池水展现了世人的面前。

当地政府的心愿终于实现了，仿佛，更多前来光顾的旅客、更多的财富亦即将呈现在他们的面前。然而，在将魔鬼池改造后的几年内，前来游玩的顾客不仅没有增多，反而人数急剧下降。一时之间，这个鼎盛多年的著名瀑布景点，人气大不如前。

当地政府百思不得其解，始终猜不透其中的原因。后来，他们对相当一部分人群进行了问卷调查，结果让他们大吃一惊。答案表明，当初魔鬼池正是因为它的凶险，才吸引了众多寻幽探胜的游客。而现在，魔鬼池的凶险一去不回，这与普通的池水又有何异呢？其中，一个孩子的回答尤为精彩："我站在池边，看着腾空的浪涛，听着如雷的水声，胆战心惊，恐惧异常！但在体会死亡感觉的同时，却不得不承认，我更领略到了前所未有的奇特刺激感！"

花了很多的人力、物力、财力的大工程，最终却徒劳无功，还适得其反，魔鬼池的改造，仿佛是故意跟当地政府开了一个玩笑。人们终于明白，魔鬼池吸引人的秘密就在于它的凶险。无奈，当地政府只得毁掉了所有的工程，将魔鬼池恢复成了以前的模样。

现如今，魔鬼池又和以前一样，每年前来游览的旅客络绎不绝。但每当提及当年的改造一事，人们都不由嗟叹不已。

玻璃面前的人心弱点

20世纪80年代末，美国德克萨斯州的一条叫西利亚的河流旁，因为政府的一个重要决定而热闹非凡。

西利亚河是一条非常美丽的河流，南依青山，北靠田野，东临繁华的城市，一直都是诸多房地产开发商眼睛里一块硕大的甜美蛋糕。但是，因为政府干涉，不允许在这处青山绿水前建造房屋，众人一直遗憾万分。

直到那个艳阳高照的日子，这种局面终于被打破。政府人员发现，只要管理措施得当，监督到位，在这里建造高档别墅还是完全有可行性的，不仅不会破坏环境，还能利用这里得天独厚的优美环境，充分开发旅游资源，增加人民收入，加速当地经济的发展。

后来，政府对外公开招标，决定招标两个有资质承建的建筑商，在河流岸边划分出两块区域，让两家建筑商建造出不同风格的高质量房屋，避免形式单一的缺点。

最终，圣彼得建筑公司和亚特伯纳建筑公司成功中标，成为该黄金区域的创造者。在建造房屋的整体规划上，圣彼得建筑公司想到：此处既然依山傍水，建造的房屋就要让居住者能够随时随地欣赏到眼前的青山绿水。因此，他们决定，采用一种特殊的玻璃作为窗户，使人们在外面看不到屋内的情形，而屋内的人却不用打开窗户就能看到外面的人。这样，既防止了游客到此处游玩窥视而无意窥视到买房者的隐私，又能使屋内的人对窗外的美景一览无余。想到此处，圣彼得公司上下都显得异常兴奋，并且提前对这种创新设计进行了注册，防止亚特伯纳建筑公司模仿。

可是，当圣彼得公司的房子初见雏形，且安装上这种里面的人能看见外面，而外面的人却看不见里面的特殊材料制成的玻璃时，亚伯纳特建筑公司的人对他们的这种做法并没有产生丝毫兴趣。亚伯纳特建筑公司采用的玻璃，也是那种屋外的人看不到屋内情况的玻璃，但有一点不同——屋内的人同样也看不到屋外。这种玻璃，即两面都不是透明的玻璃，也就是俗称的"毛玻璃"。

圣彼得公司对亚特伯纳公司的这种做法感到很好笑，两面都看不透的玻璃，还能叫玻璃吗？安装这种玻璃的房子，因为看不到屋外的风景，还能有人买吗？一年之后，房子开始对外发售的时候，情形却大出圣彼得公司的意料之外。买房者来观看房子时，先是对他们的房子表现得极为感兴趣，但很快地就转移到了亚特伯纳公司承建的房子面前，且成交的很多。而他们的房子，售出的却寥寥无几。

最终，还是亚特伯纳公司道出了秘密：圣彼得公司的房子多处采用大面积的特殊玻璃作为窗户，是导致房子出售失败的主要原因。虽然采用这种玻璃，外面的人看不到里面的情形，而里面的人却能看到外面的风景，但这也没用。因为，当买房者入住后，当他们看到外面来来往往的游客时，虽然明知道他们看不到自己，但是鉴于人内心的弱点，还是会出于心理暗示，始终觉得外面的人能够看见自己。

原来，真相并没有多少稀奇之处，只是出于人们内心的弱点而已。

零利润背后的秘密

那年，三十五岁的美国人休斯顿在斯图尔市的闹市区租了房子，准备发掘自己人生的第一桶金——从事水果批发生意。

在此之前，休斯顿在一家小公司干了七年的仓库保管员工作，常年过着日出而作、日落而息的枯燥生活。休斯顿早就厌倦了这种表面轻松却极度无聊的工作，他不想一生都为别人打工，他想自己做老板，做一番事业。

休斯顿没有任何的生意经验，所以亲友听说他辞职的消息之后，都第一时间劝他老老实实做他的职员，不要冒任何风险。休斯顿却仿佛胸有成竹，立志不过藩篱生活。众人看休斯顿决心已下，任谁劝阻也无效，只得顺从休斯顿。

但谁也没想到，休斯顿的水果批发异于常人，其所经营的所有水果价格均是全市最低。本来，质优价廉也未尝不可，但只要是业内的人都吃惊于一点——休斯顿的水果批发价格之所以能做到行内最低，那是因为休斯顿的水果全部都是以零利润出售的。也就是说，休斯顿不仅赚不到钱，还要每月赔上房租、水电费等费用。

果然不出众人所料，休斯顿果真是没有任何生意经验的人，居然会做出这样的傻事。面对同行的鄙夷嗤笑和亲友的质问，休斯顿从不解释许多，始终坚持以零利润经营水果生意。更让人吃惊的在后头，休斯顿将自己七年的工作积蓄全部取出来，又在斯图尔市涉足了首饰加工业和服装干洗业，而且，仍然是以零利润经营。

这下不得了，所有人都认为休斯顿是脑子里哪根筋出问题了——世间哪会有人这么傻，做生意居然会始终以零利润来经营？不可否认，休斯顿所经营的生意，无论是水果批发，还是首饰加工和服装干洗方面，从来都是上门顾客最多、生意最为繁忙的。但谁都清楚一个不争的事实，那就是在顾客络绎不绝、一派繁华的背后，是零利润的事实，是休斯顿必须付出不断赔本的代价。很多人预测，休斯顿撑不了多长时间。

事实印证了人们的猜想，一年之后，休斯顿停止了自己所有的生意，将所有的店面都关停了。大家嘲笑休斯顿的无知和幼稚，嘲笑他当初的不听劝阻，亲友们更为休斯顿以前的执拗而感到扼腕。嘲笑也好，扼腕也罢，与他们的表现形成鲜明对比的，却是休斯顿的异常冷静，他的脸上并没表现出任何的后悔和灰心的神色。

休斯顿在关停了所有的店面之后，迅速筹措了资金，居然又新开了一家店面，而且是全市除他而外绝无第二家的店面——经营中国什锦。这次，休斯顿改变了零利润的经营方式。

休斯顿的中国什锦生意并没有让人们继续看笑话，开业之初，美丽的中国什锦首先吸引了消费者的眼球，加之品种的繁多和质量的优异，休斯顿的什锦之路一天比一天宽广。不到半年时间，休斯顿就连开了五家分店，且生意都兴隆之至。也有人嗅到了商机，看着休斯顿的什锦生意而眼红，开过类似的店面，但他们都奇怪地发现，几乎所有购买什锦的客户都集中在休斯顿的店面里，很少光顾第二家。无奈，他们只得草草收场。

很多人都在为休斯顿感到幸运，称他这个"成事不足败事有余"的小子在什锦上却"瞎猫撞上了死耗子"。其实，真正的秘诀只有休斯顿知道：自己的成功并非他们所说"幸运"，而是完全靠自己高超的经营智慧和对人性的精确掌握赢来的。

原来，休斯顿从创业之初就决定做中国的什锦生意。只不过，休斯顿清醒地认识到，要想让当地民众认可中国什锦，且能让自己将什锦生意做大做强，除了产品的质量和价格之外，还必须打造出属于自己的个人品牌。休斯顿的聪明之处就在于，先利用前期从事水果批发、服装干洗和首饰加工的生意，以零利润的经营方式博取民众的深刻印象——休斯顿的旗下，无论是水果批发还是首饰加工和服装干洗，价格始终是全市最低的。这样一来，时间一久，消费者的潜意识中就有了一个自我暗示：休斯顿出售的东西，价格都是最优惠的。无疑，行内人清楚的是休斯顿零利润背后的不断损失，而在不做生意的消费者心目中，"休斯顿"三个字却俨然已经成为最实惠的品牌的代言。

休斯顿的零利润经营方式，貌似很傻很愚笨，但经由了休斯顿聪明的市场运作和对人性的精确掌握，却成了绝妙的智慧体现：眼前的损失是暂时的，个人的品牌和实实在在的长期回报才是硬道理。

狮子鱼，来自1992

20世纪90年代初，美国佛罗里达州新建了一家水族馆。因为该水族馆在佛罗里达州尚属新鲜事物，加上馆内各种设备先进，观览环境一流，特别是种类繁多的海底动物，开业以来，水族馆吸引了无数的游客，生意一直呈火爆状态，持久不衰。

1992年夏季，佛罗里达州的上空阴云密布，大有"山雨欲来风满楼"之势。没过多久，当时著名的"安德鲁"飓风疯狂地袭击而来。尽管美国事先已经发布了飓风警报，大家也都做好了迎战飓风的准备，但因为"安德鲁"的威力太过强大，还是造成了重大损失。佛罗里达州水族馆也未能幸免，在此次飓风灾害中遭到重创，馆内为数一半的观览设备被飓风摧毁，百分之十的海底动物死亡，超过百分之十五的海底动物流失。

在清点具体损失的过程中，馆内一名员工突然发现：位于水族馆中间位置的狮子鱼不见了六条。狮子鱼体积小，生命力十分顽强，但逃逸力却很弱，估计如果立即寻找，在附近应该还能找到。狮子鱼原产于南太平洋、印度洋和红海水域，它们主要以其他小鱼类、虾类和螃蟹为食，而且胃口巨大。更重要的是，狮子鱼在佛罗里达附近缺乏天敌，将会对这里土生土长的海洋生物构成严重的威胁。

这名员工立即将情况报告给馆长,建议发动全馆力量寻找丢失的六条狮子鱼。然而,馆长和绝大多数人一样认为,狮子鱼并非什么珍稀海底动物,价值不大,没有必要花费这么多人力去寻找。而且,仅仅丢失了六条而已,又怎么会对佛罗里达的海洋生态造成破坏?眼下最重要的是,想方设法修复水族馆观览设备和寻找那些价值昂贵的海底动物。这名员工提出的建议遭到了大家的嘲笑,并被彻底否决。

灾后不久,水族馆重新恢复营业,继续接纳来自五湖四海的游客观光游览。

岁月平静流淌,时间一如往常流逝。

2010年,佛罗里达州环保部门发现一个严重情况:一种凶猛的食肉鱼类以惊人的数量,在最近一段时间入侵了佛罗里达附近海域的珊瑚礁中,大肆吞噬海域内的小鱼、虾类和螃蟹等动物,给佛罗里达的海洋生态平衡造成了前所未有的严重威胁。并且让环保部门头疼的是,该食肉鱼类的数量实在太多,入侵者不断呈直线上升态势。该食肉鱼类就是狮子鱼。

狮子鱼在佛罗里达州,除了水族馆内有过,海域内绝无出现的可能。经过详细调查,专家组认定为,此次造成严重海洋生态威胁的大群狮子鱼,就是十九年前水族馆逃逸掉的六条狮子鱼繁衍而成。

为了维护海洋生态平衡,保护海洋环境,美国佛罗里达州付出了巨大的代价:州政府花了几个月时间研究对策;花费数百万美元研究抵御狮子鱼进攻的方法;出台相关奖励政策,只要有人捕捉到狮子鱼,就将给予一定的现金奖励。并且,佛罗里达州海洋保护机构花费巨大人力物力,专门编写了一本配有四十五个菜谱的《狮子鱼烹饪指南》,意图将狮子鱼变为人们餐桌上的美味,以期调动人们捕鱼的积极性,尽最大力量减少损失。

谁也没想到，1992年丢失的狮子鱼会重新返回。的确，谁又能想到，当年逃逸的区区六条狮子鱼，它们会在十九年后繁衍出数十万倍的数量出现在佛罗里达海域，且造成了这么严重的破坏？

很多灾难，都如1992年的狮子鱼这般，披着渺小的外衣，起初让人们感觉到不必经心、不以为然，在不久的将来，带给人们做梦也想不到的创伤。

一跤摔出的600万美元

美国纽约一个名叫谢尔顿·斯图尔特的男子下班经过布朗克斯区一地铁站时，因为无意中踩到脚下一堆鸽子的粪便，当即重重地摔了一跤，导致颈部、背部以及腿部受到严重挫伤。谢尔顿·斯图尔特受伤后，随即被行人送往了当地医院救治。

经过一段长时间的治疗，谢尔顿·斯图尔特才逐渐康复，直至能下地走动时才决定出院。然而，事情并未到此结束。谢尔顿·斯图尔特在出院后不久，便向纽约布朗克斯法院提起诉讼，要求纽约交通部门赔偿他在医院治疗期间所有的药物治疗费，以及误工费和精神损失费。谢尔顿·斯图尔特认为，他之所以跌倒导致重伤，虽然与他的不小心有关，但是布朗克斯区地铁站的管理部门也有不可推卸的责任。因为，布朗克斯区地铁站上的鸽子粪并非刚刚出现，而是存在已久，从未有专人进行打扫过，才导致他失足滑倒。所以，他诉讼的理由是，管理部门无视鸽子粪便的存在，且长时间对此置之不理，忽略了鸽子粪便可能会给行人带来的危险。他要求纽约布朗克斯法院判决纽约市交通部门、布朗克斯区地铁站做出赔偿响应，赔偿金额更是高到了将近800万美元的吓人数字。

谢尔顿·斯图尔特此举，让众多人感到不可思议。"不就是摔了一跤嘛，犯得着如此兴师动众吗？""疯子，纯粹是疯子的行为！""他别做梦了，他肯定会失败的！"诸如此类的话语全部倾泻在了谢尔顿·斯图尔特的头上，没有人认为布朗克斯法院会听从谢尔顿·斯图尔特的索赔请求。

然而，不可能发生的事却发生了。布朗克斯法院在仔细调查审理谢尔顿·斯图尔特滑倒的原因后，竟真的做出了出人意料的决定：判定纽约市交通部门和布朗克斯地铁站向谢尔顿·斯图尔特支付767万美元的赔偿金。但，因为谢尔顿·斯图尔特在此案中也存在着个人不小心的因素，其本人也负有不可推卸的责任，必须得承担其中百分之二十的费用。因此，纽约市交通部门和布朗克斯地铁站向谢尔顿·斯图尔特支付了剩余的百分之八十的费用——600多万美元！

布朗克斯法院的判决理由是：地铁站上鸟粪的长期存在，属于管理部门制度上的疏忽，更是对人的宝贵生命的一种漠视。因此，他们必须为各自犯下的过失而做出必须的赔偿。

站到前面来

他两岁那年，便能够用灵巧的小手敲鼓，且准确，符合歌曲的节奏。三岁那年，他便在父亲的带领下，在香港乐林商行附近现场表演起来，引得众人啧啧称赞，甚至有人提出要将他带到美国训练。因为他是独生子，他的父亲便拒绝了别人的好意，并且告诉他，只要自己有梦想，并能为之一直奋斗，那么，梦想在任何地方都能开花。

从此，音乐的梦想之花就在他幼小的心灵中滋生，发芽，且茁壮地成长起来。

十六岁那年，他报名参加了"四大天王"模仿秀，惟妙惟肖地模仿了郭富城、刘德华等当红明星，并以骄人的成绩脱颖而出。他感到，成功仿佛就在前面不远处，只要再努力坚持下去，就可以梦想成真。

他每天除了主持节目之外，其余的时间全都花在音乐上面。也许是他天生就拥有丰富的音乐才能吧，他很快又相继模仿了港澳台众多歌手明星，并一一成功。然而，现实并不是如他所想的那样容易，失败，很快就降临到了他的头上。

他的主持工作合同没有到期，不可以随意更换工作，现实也就容不得他很快转入音乐创作上。再者，他的音乐，只是停留在别人的风格上，毫无新意，根本就不能在娱乐圈内一飞冲天。心情沮丧的他，在失落了一段时间后，并没有放弃自己当初的梦想。他决定，在主持合同没有到期的这段时间内，他仍然要为梦想而努力、蓄势。

那段时间，他苦心研究，虚心学习请教，终于凭借着自己的勤奋刻苦在娱乐圈内占了一席之地。他的名字，也逐渐在人们的脑海中留下了浅浅的印象。但是，小有成就的他还是摆脱不了模仿别人的阴影，他的音乐风格始终还是停留在别人的基础上。

一个偶然的机会，他结识了Dance Soul舞团的两名成员，并与他们成了好朋友。那年，他和两个好哥们联手，带领着整个Dance Soul的伙伴一起跳玩出来的舞蹈，配合新创作的歌曲。没想到，竟一举成名，并获得了若干个奖项，且有幸获邀参加了一个颁奖晚会。

颁奖晚会上，他和刘德华、蔡依林同时作为颁奖嘉宾。开香槟的时候，刘德华和蔡依林站在前面，而他就站在他们后面，害羞紧张地看着刘德华——这个自己心中的偶像。就在这时，刘德华突然回过头来，用犀利的目光示意他走上前来。但是，他没有勇气走上前去。在他心中，他哪敢想能与刘德华并肩站在一起？没想到，刘德华看他丝毫未动，竟大步向他走来，对着他低声说："站到前面来！"说完，刘德华牵着他的手，和蔡依林一起开启了香槟。颁奖晚会结束后，他向刘德华表示感谢，刘德华一惊："那本来就是你自己的位置，为何要感谢我！"

"站到前面来！""那本来就是你自己的位置！"刘德华的话，让他的心灵顷刻之间被震撼了。原来，颁奖晚会上，自己也是明星！

第二天，香港的众多报纸上都头版头条地刊登了同一张照片。照片上，他和刘德华、蔡依林一起，笑容满面地开启了庆功香槟。

从此，他悉心创作音乐，并形成了自己的创作路线和独有的作品风格。继2004年《达人show》推出，他又于2005年推出了新专辑《催眠show》，并且参演了多部影视作品，成为集天才小鼓手、舞者、偶像歌手、主持人等多种荣誉于一身的全能艺人。仿佛一夜间，人们便深深地记住了这个年轻人的名字——罗志祥！

后来，罗志祥多次在公开场合表示："刘德华就是我的恩人，如果没有他当初对我的帮助，我不可能这么快成功！"刘德华听闻之后，坦然一笑："其实，我并没有帮助他。因为，一个人要想好好地活在这个世上，关键是要勇敢地站出来。如果要说有恩人，那么，他就是自己的恩人！"

金埋沙土，破土而出，方能显其珍贵；明珠蒙尘，轻轻一拭，便可尽现光华！其实，人生一世，成功与失败的转折之间，我们缺乏的往往都是一种"站到前面来"的勇气与信念！

爱特尔的智慧

1956年,时年四十二岁的爱特尔踏入了荷兰首都阿姆斯特丹的土地。爱特尔选准了阿姆斯特丹城中的繁华处,准备着手开办一家书店。

爱特尔注意到,这条街是阿姆斯特丹有名的图书中心,街道上大小图书馆林林总总,不下成百上千家。虽然说竞争激烈,但毕竟凡是爱书、购书者,都是必然要到这条街的。爱特尔考虑到,要想让自己的书店站稳脚跟,必须要大动一番心思。

几个月后,爱特尔的图书店顺利开业,但让人惊奇的是,爱特尔的图书店做出了让业界大吃一惊的事。

彼时的阿姆斯特丹图书店,除了工作人员之外,店内是不设置任何桌椅以供顾客落座休息的。毕竟,在前来图书店的顾客中,有很多图书爱好者并非抱着一定购书之心前来。他们之中,有相当大部分是将图书店当作免费的阅览室,将书架上的书看了一番之后却并没有买书。这样的顾客如果出现太多,不仅占用图书店内的绝大部分空间,也会对图书的纸张造成一定的折旧甚至是破坏。

而爱特尔的图书店却异于常态,不仅图书店面积最大,而且凡是可以利用的空间，都设置了桌椅，以供顾客落座休息看书。爱特尔的图书店在开业之初，就遭到了同行的诟病和耻笑。毕竟，爱特尔刚进军图书业，首先就犯了盲目扩大的毛病，肆无忌惮地投入巨额资金建成最大的图书中心。第二，设置过多的桌椅，只会造成看书者更多的局面，经常的随手翻书却不买书对图书的纸张质量必定会有所影响，而不设置桌椅，则可以让看书者体力上支撑不住，早早退出图书店。对于爱特尔图书店，业界给予的目光是嘲笑，断定该图书中心必定会隆重开张，凄惨收场。

然而，事实却并非如此，一切都大出他们的意料：爱特尔的图书店从开业开始，一直都是顾客盈门，络绎不绝，无论是图书售出率还是营业额都稳居第一。爱特尔图书店的火爆，让爱特尔在一年之内就连续开设了四家连锁店，真正在当地图书界稳占第一把交椅。迄今为止，阿姆斯特丹爱特尔图书品牌，都是荷兰国内最有盛名的图书交易中心。

爱特尔图书店当初的行为，其实并不笨。图书店创办人爱特尔认为，前来看书却不一定买书的人在世界上任何一家书店里都会存在，看书对图书纸张质量其实只有微小的影响。更重要的是，无论是做什么生意，人气都是最重要的。在爱特尔图书店里设置大量的桌椅，一来会在顾客心中造成异于其他书店的印象，二来可以提供落座看书的场所。这样，绝大多数看书者将舍弃其他图书馆，慕名前来爱特尔的书店。结局只能有一个：别家书店的顾客必定会减少。为什么？全都涌到爱特尔的书店了。谁都喜欢到顾客盈门、热闹非凡的场所去买东西，而绝不会到冷冷清清、凄凄惨惨的地方去。

不得不承认爱特尔的经商智慧。很多人将"以人为本"四个字整日挂在嘴上，而在行动上做到的，却只有爱特尔。爱特尔一直相信，有些小的失去，必将收获大的果实。

打败潜规则

朋友小罗拿出自己多年攒下来的积蓄,又东奔西走地辗转于几家银行,终于筹措到了一大笔资金——小罗准备在闹市区开一家网吧,地点就定在娱乐一条街上。那条街道上,除了KTV、游艺等娱乐场所之外,最多的便是一家接一家的网吧了。

起初,大家都为小罗捏了一把汗,担心其将网吧开在竞争最为激烈的娱乐街上,只怕是新手上路,后路难行。但小罗总是笑笑,每每都是用"钓鱼的总是往鱼多的塘子那儿跑"这句话回答大家的疑问。小罗脸上的笑容,洋溢着自信,好似他一切都运筹帷幄,胸有成竹。

经过几个月紧张忙碌的筹划、装修布置,小罗的网吧终于开业了。气派的门面设计,宽敞的上网环境,一流的机器配置,让前来参加开业典礼的亲朋好友都啧啧称赞。然而,就在大家为小罗的网吧开业感到高兴时,一个异常的发现却让所有人都大跌眼镜。

大家发现,小罗的网吧居然在众多显眼的地方都贴着"禁止吸烟"的标志,且在门头上赫然标明是"真正的无烟网吧,绿色网吧"。起初,大家都以为这只不过是走个形式而已,却没想到小罗却将此当了真,网吧里的服务人员只要发现有吸烟者,就立即上前温言制止,若对方执意吸烟,网吧将不接纳其上网。和大家担心的一样,很多前来上网的客人立即拍案而起,退费离开了网吧。本来开业第一天就吸引了众多网友前来上网的网吧,立即从热热闹闹变得冷冷清清。

大家都说,虽然很多网吧都有"禁止吸烟"的标志,但没一家网吧会真的禁止吸烟者上网。毕竟,在上网的客人中,吸烟者是主要部分。而小罗却宁愿收入减少,也不接纳吸烟者上网,这无疑是跟自己的财路过不去。有哪家网吧对吸烟的现象不是睁一只眼闭一只眼的?对吸烟现象熟视无睹是网吧界彼此心照不宣的潜规则。只有小罗,精明了一辈子,却在这个时候犯了傻!

小罗却并不着急,执意如此,且笑容可掬地跟大家伙儿说:"我开的网吧,必须打出特色。"小罗说话时的自信,俨然如诸葛再世。

不多久,小罗的网吧名气越来越大,小罗的傻名也在网吧界越来越大。网吧界的经营者都在背后议论:等着小罗的"特色网吧"在特色中慢慢倒闭吧。

果然,小罗的网吧生意越来越惨淡,每天来上网的客人寥寥无几,大家都在猜测,小罗不须多久就会改变原则。但不管谁看在眼里,急在心里,只有小罗一点也不着急,经常端着一杯香茗,在办公室里悠闲自在地看着报纸,仿佛门外的经营惨状与他无关,网吧仍然拒绝吸烟者入内。

大概又过了几个月吧,一个奇怪的现象突然出现,小罗的网吧经营状况有了变化:上网的客人比以前稍微多了,而且越来越有增多之势。再过一段时间,小罗的网吧渐趋爆满之态。一年之后,小罗的网吧几乎从早到晚都是客人爆满,异常热闹,且所有上网的客人中无一人抽烟。小罗的网吧被主管部门评为"绿色网吧""行业模范",逐渐声名鹊起。

大家终于明白，怪不得一年前小罗胸有成竹，原来他是早有绝招在手，只是没有早早说出而已。只是大家疑惑难解：小罗到底是用什么秘诀让生意惨淡的网吧在几个月后又顾客盈门的呢？

小罗不假思索，这样解释：自己根本没有任何秘诀，只是自己在所谓的潜规则面前不会轻易低头。小罗深深明白，每一个网吧不管抽烟的占多少，同时必定也存在不抽烟的顾客群。而一个不争的事实就是：当网吧里烟雾缭绕时，感到最不舒服的就是那些不抽烟的人。当小罗将"无烟政策"一直贯彻下去，小罗的"无烟网吧"名气也越来越大。虽然在吸烟者的眼中，小罗是犯了傻；但对于那些不吸烟的人来说，小罗的无烟网吧无疑是令他们大喜过望的理想上网场所。

这就造成了这样一种局面：会吸烟的人绝对不会来小罗的网吧，但整条街上其他的网吧里那些不吸烟并且讨厌吸烟的客户，几乎都涌到了小罗的网吧。其实小罗的秘诀很简单，就是：有吸烟者，就有不吸烟者，就好像这世界上，有黑，就有白，有大，就一定有小。

当认真分析和精打细算之后，潜规则照样也会被打败。

到底谁重要

那是一个阳光晴好的上午,美国地铁红线上的画廊宫站,人流熙熙攘攘,比起以往更显得热闹非凡。人们身着盛装,脸上洋溢着兴奋的神色,仿佛正准备参加某个盛大的节日活动。

就在这个时候,站台上的人群中突然传来一阵惊叫:一名乘客不知道是被众人拥挤抑或自己不小心,竟从站台上失足跌入地铁轨道!惨剧就于瞬间蓦然上演了。一声长鸣,一辆刚好驶进画廊宫的地铁,迎面将失足的乘客撞得飞了老远。随后,闻讯赶来的救援人员将生死不明的乘客紧急送往医院。

按照以往的惯例,凡是地铁这样的公共交通场所发生这样的人身意外伤害事故,运营方将会迅速关闭站点,以便查找事故原因。然而,今天确实是一个非比寻常的日子——当地时间2009年1月20日,美国第一任黑人总统奥巴马将在当日宣布就职。

在此之前,据官方预计,当日前往华盛顿观看奥巴马就职典礼的人数将接近300万。这个数字,将远远打破1965年约翰逊就职典礼上观看人数120万的最高纪录。出于安全方面的考虑,华盛顿市区20日将在全城实行最高规格的交通和安全管制：包括典礼主会场在内，大约九平方公里左右的城市中心区域内，除了一些经过特许的之外，一切车辆将被禁止进出。因此，为了给前往观看奥巴马就职典礼的群众提供方便，地铁自然就成了最主要的交通工具。

事故发生后，人们并没有担心地铁公司会停止地铁营运。毕竟，今天是奥巴马宣布就职总统的大日子，恐怕谁也不会因为一起普通的人身伤害事故，便将地铁停运而影响到观看奥巴马就职典礼的人数——画廊宫地铁站是华盛顿地铁线路上较大的一个站点，若是将其关闭，势必将使奥巴马就职典礼显得有点冷清。

然而，人们的预测还是错了。事故发生不久，地铁公司就在广播里发表声明，就发生在站点里的意外事故向受害人及广大乘客道歉，并且还宣布，无论今天是个多么重大的日子，也无论受伤的人再怎么普通，他们也将按照规定立即关闭站点，停止地铁营运。因为，任何事物也不能高过生命。

最终，停滞在站内的乘客只得另想他法，前往了奥巴马就职典礼的主会场。

是奥巴马的就职典礼重要，还是一名普通乘客重要？答案不言而喻。

康宁的王牌

1868年，美国纽约州康宁镇，这个闻名全美的农业小镇，迎来了第一个与农业并无太大关联的公司——布鲁克林玻璃公司。随着布鲁克林玻璃公司从纽约迁到康宁，以及铁路建成通车，公司生产的各种玻璃制品得益于方便的运输条件而走向国内外，仅仅用了三十多年的时间，布鲁克林便成了欧美商人最为热衷采购的玻璃公司。

迄今为止，一百六十多年来，布鲁克林玻璃公司的产品不仅广泛应用在光纤、光电、陶瓷、天文、交通等行业中，进入二十一世纪以来，最让布鲁克林玻璃公司闻名遐迩的，是其生产出的产品应用在时下最为热门的媒体通讯、电子娱乐行业。

2010年，布鲁克林推出第一代环保型铝硅钢化玻璃，这种玻璃可以达到0.7毫米到2.0毫米的不同厚度规格，且粗糙度非常低，手感光滑，很适合作为触摸屏手机的屏幕保护层。更为令人叫绝的是，作为手机屏幕最独特的功能，防刮擦一直是用户们最乐于挑战的一个项目，一些用户有意使用刀子或者钥匙在屏幕划擦，以测验玻璃的防擦性。而这种环保型钢化玻璃在经过划擦后，表面不显示任何划痕。

2012年1月,布鲁克林推出第二代环保型铝硅钢化玻璃,新一代的玻璃比之前的产品更薄更轻,甚至还可以弯曲,可为触摸屏设备提供更好的保护。就在第二代玻璃正流行的时候,布鲁克林以令人惊叹的速度,在2013年又推出了第三代环保型铝硅钢化玻璃。在现场测试中,演示人员用175克重的金属球撞击不同玻璃的中心位置,普通玻璃立刻被击碎,但是第三代铝硅钢化玻璃没有任何损伤。新一代产品相比上一代产品,可见划痕减少40%,结构强度提升40%。

这种环保型铝硅钢化玻璃就是现在风靡全球的大猩猩玻璃,而布鲁克林公司也就是现在大名鼎鼎的康宁公司。自2010年以来,智能手机风靡全球,且进入全球触控时代,康宁公司生产的玻璃,现如今不仅已成为全球高端智能手机的标配,同时也已广泛应用于平板电脑、电视、笔记本电脑等电子市场,以精湛的工艺制造水平震惊了业界。伟大的梦想制造家、苹果前CEO乔布斯将IPHONE的屏幕供应商,铁一般敲定为布鲁克林玻璃公司。

康宁公司的成功近年来引起了业界的关注,尤其是同行业对手的好奇。在被问及康宁背后的王牌到底是什么时,康宁公司并没有说什么冠冕堂皇的大道理,而是由公司里一个金牌材料研究院马特德吉内卡回答了这个问题。

在马特德吉内卡的实验室,装有大块玻璃的数十个牛皮纸午餐袋被随意堆放在一张狭长的工作台面上。一些玻璃呈暗色调,一些颜色浑浊,另一些上面则散布着气泡——这些气泡在行业里被称为"种子"。它们中大多数都很清晰,虽然是不同品种的玻璃,但它们看起来几乎都是一个样。

在被问及连续三代大猩猩玻璃的研制成功的背后,到底有什么王牌的时候,马特德吉内卡指着自己身后堆成小山的袋子,摇摇头说:"没有王牌。如果一定要说有的话，那就只能是它们。"

马特德吉内卡所指向的袋子，里面装的满满的都是报废了的玻璃片。而闻名全球的大猩猩玻璃就是在历经一次又一次失败之后，才得以面世。当"失败是成功之母"已经被引用得泛滥成灾，甚至已经让人耳朵生出了老茧时，康宁公司再次以行动、以事实，全新地演绎且证明了这句虽然老掉牙却永远正确的箴言。

曾经我有多失败

二十世纪八十年代，美国著名的渔具品牌深海在刚成立不久后，虽然投入了大量的人力物力财力，进行了科研开发，但其出品的深海品牌的渔具在市场上却反应平平，特别是花费了三年时间和大量经费研发的捕鱼器，几乎是石沉大海。为此，营销部门决定将目光瞄准全美所有沿海的渔业公司，派出营销部门的精英人马，各路出击，对各大渔业公司的负责人进行产品公关。其中，全美最大的海派森渔业公司最为引起深海公司重视。这家占据全美渔业市场百分之四十的超级公司一旦被谈妥，将会对其他公司产生不可估量的带动影响。

为此，营销部门梅克经理亲自出马，找到了海派森的老总托斯勒，真诚地介绍起自己的产品。但令梅克没想到的是，尽管他将产品说得天花乱坠，但海派森的老总还是婉言谢绝了他。无奈，深海公司的副总图塔在一个月后又纡尊降贵，亲自向托斯勒推销起捕鱼器，然而再一次遭到了拒绝。

1985年7月，深海公司董事长雷内路德约见了托斯勒，在一间咖啡厅里给他说起了产品的质量、捕鱼效率和前景。这次托斯勒算是给足了雷内路德的面子，在听他说完之后，微笑着说："亲爱的路德先生，找我的渔具公司不是您一家，请您理解。"

雷内路德急了，忙解释道："但我们的产品质量是绝对一流的，而且是花费了几年的时间研发出来的……"托斯勒礼貌地打断了雷内路德的话："是的，每一家公司都是这么说的，路德先生。"

这一次的营销再次以失败而告终，深海公司再次陷入愁云中，拨开迷雾似乎已经是没有指望了。

就在大家一筹莫展之际，研发部的杰森提出想自己试一试的想法。本来大家对他是没有指望的，营销部门的经理、公司副总、老总都失败而回，他一个研发部门的人员又能怎么样呢？但雷内路德看他一脸坚定的神色，只当是死马看作活马医，答应了他的要求。

杰森三天后找到了托斯勒，并没有告知其自己的身份，而是坐下来后，像是拉家常般地开始了自己的公关。杰森很有礼貌地对托斯勒说："您好，我研发了一种新型捕鱼器，我想跟您说说，我的产品的缺点。"

托斯勒一愣："缺点？你要告诉我，你的产品的缺点？"

"是的。"杰森一脸沮丧，"我想告诉您，在这个产品上，曾经我有多失败。"

在托斯勒的好奇下，杰森向他慢慢讲起自己在产品研发上的故事。他告诉托斯勒，产品从第一年研发，先是外壳塑材上出现裂痕，接着是发电机转动问题，还有线缆电流负荷承载问题，特别是风叶在深海作业时常出现的卡壳问题，这些就折磨了他四个月的时间。在接下来的日子里，捕鱼器继续在材料选用上、电机转向等方面相继出现新的问题，而他，也继续为这些问题而烦恼着。为此，他和他的团队，整整三年都处在殚精竭虑之中，大大小小的失败，总计127次。

听说他们因为这些不断出现的毛病而被折磨了三年，特别是失败127次，托斯勒的神色都跟着紧张了起来，他问杰森："那现在呢？"

杰森一直都是沮丧着面孔，现在突然阴霾一扫，精神饱满，与方才判若两人，乐呵呵地说："现在可大不一样啦，那些毛病早就统统解决了，我们也能吃好饭睡好觉了。"

托斯勒越来越感兴趣，高兴地说："这种经历无数次失败的产品，才是最好的产品呀！我听惯了很多公司大谈特谈他们产品的优点，至于缺点——我还是第一次听人像你这样说的。"

托斯勒很是兴奋，表示要采购杰森的渔具产品，当杰森说到深海渔具品牌时，托斯勒哈哈大笑："他们要是早派你来就好了！"

就这样，深海公司一举拿下了海派森公司的订单，并且很快占领了全美百分之六十的渔具市场。所有人都对杰森的那次出行无限好奇和敬佩，在公司的表彰年会上，谦虚低调的杰森很坦诚郑重地说："我发自内心地认为，当我们习惯于展示自己的优点，或者习惯于显露自己如何成功时，其实适时地告知对方，曾经我有多失败，未尝不是一种很好的取胜之道。"

后　记

　　2012年，我在小城的一个论坛上，上传了我的一篇旧作，在下面云云的跟帖中，有一个帖子引起了我的注意："这篇文章，我在《读者》《意林》上都看过，当时看的时候，眼泪是哗哗地落下来，为文中那个可怜的小男孩。只是时至今日，再次在网上看到这篇文字，才知道作者原来就在我生活的小城里，距离居然如此之近，而我今日方知。"

　　看完这个帖子，我的内心是一阵小小的感慨——自己的文字，居然能将一个读者的眼泪给"逼"出，这未尝不也是一种小小的成功。

　　第二年，我有朋友将我的文章拿到了课堂上给学生讲解。她给我来了电话，说读了其中两三篇，班上好多孩子为文中的主人公而簌簌落泪。

　　当然，我不愿我的文字仅仅有"催泪弹"的作用，我更希望它在能感动他人的同时，亦能给人其他的感觉，譬如：驱走一些人精神上的阴霾，带给他们一朵一朵阳光；带给读者内心里一阵浅浅的温暖，哪怕是一刹那的温暖，也好；能使读者会心一笑，哪怕是有一个浅浅的颔首，轻声说："哦，原来是这样！"

　　想起一个读者在网上查到我的电话，然后和我通话说，她和我一样，也是一名中学老师，在教学过程中，有时会因为"恨铁不成钢"之故，教学方式稍显粗暴。看了我的《你的温润，我来触及》一文，从那时便改变了自己的工作方式，春风化雨般地走进学生的内心世界，去触摸那些躲藏起来的温润，去感知那些隐蔽起来的小心翼翼的心事。

那一年里，我那想出书的心事突然如快要溢出的酒香一样，越发浓厚。说是为了虚名也罢，为了纪念也好，反正我是终于改变了自己以前的想法，决定将自己有限的文字集结成册，希望它能给更多的人带去更多的感触与感动，更多的思考与启迪，更多的温暖和善意。

关于这本书，我从来不敢说字字珠玑，句句良言，但我发自内心地想说：这些文字大体上是来自生活中所见所闻的所感所悟；还有一些来自社会底层的令我们感动的声音，它们作为素材烹出的文章，即便不是轰轰烈烈的重磅菜品，但也绝对算得上吃得下、品得透的生活小菜。

我本凡人，喝不了琼浆玉液，吃不得山珍海味，所以唯愿《住在心底的云》这道生活小菜，让每一个读者不厌烦、不反胃即可。如果在品食之余，读者还能觉得唇齿间生得一点点香，心脾间生出一丝丝感动，我便毫不掩饰地开怀大笑起来。

葛 闪

2016年3月15日